瑞蘭國際

掌握關鍵120分，戰勝新日檢！

新日檢
N5
新版

言語知識全攻略
（文字‧語彙‧文法）

張暖彗老師　著／元氣日語編輯小組　總策劃

作者序

這是通過日檢考試前的最後一本參考書！

這句話不僅是對眾多考生的期望，更是對自己的期許。

每年都有很多學生跑來問我，要如何準備日檢？或是應該買怎樣的參考書才對？可見「日語能力測驗」在日文學習的過程，佔多麼重要的地位。

加上2010年開始，日語能力測驗新制，區分為N1～N5五個級數，日檢的新制度更是成為眾多考生議論紛紛的話題之一。剛好藉由此契機，將長久以來的教學內容，徹底做了一個大檢視，配合新制度的趨勢，重新整理、歸納，希望可以讓本書成為芸芸考生的有力幫手。

儘管日檢新制上路，但平心而論，N5和以往的四級並無太大的差異。因為N5乃日語學習中的基礎，不管制度如何變遷，基礎是不會變的。所以要如何準備N5考試？方法很簡單——「熟讀與熟記」。

雖然「熟讀與熟記」聽起來非常容易，不過要怎麼讀到重點，要如何有效記憶，卻不是容易的事。這時就是本書發揮作用的時機了！針對「背單字」的部分，特地將所有相關的字整理在一起，幫助考生可以做到「舉一反三」的高效率記憶。「文法的了解度」則從二部分著手，先由最基本的詞性特色、重點切入，了解日文每個詞性的各種變化，如此便可輕易掌握，利用各詞性所衍變出來的基本句型。有了紮實的基本知識之後，再進一步融會貫通，達到根據目的別，運用所學的句型，如此便可在最短的時間內，精準地將日文的「點」（詞性特色）、「線」（基本句型）和「面」（集結句型而成的文章）一網打盡。

以「言語知識」而言，簡單地說，就是考「背單字」和「文法的了解度」。只要考生可以耐心的將本書所編列的單字和文型熟記在心，不僅可以應付文字語彙和文法的考題，連「讀解」也難不倒大家，因為閱讀測驗的文章，就是由這些單字和文型所組合而成的。至於大家聞之變色的「聽解」，其實也是一樣的道理，同學所謂的「聽不懂」，其實歸根究底，就是單字或文法不夠熟稔，造成有聽沒有懂的困境，只要考試中所說的每個字、每句話的意思你都可以了解，那麼何難之有？

　　有拜有保庇，有讀本書就有希望！只要大家能夠從頭至尾將本書「看進心裡、記在腦裡」，那麼「合格」絕對不是難事！

張暖慧

戰勝新日檢，
掌握日語關鍵能力

元氣日語編輯小組

　　日本語能力測驗（日本語能力試驗）是由「日本國際教育支援協會」及「日本國際交流基金會」，在日本及世界各地為日語學習者測試其日語能力的測驗。自1984年開辦，迄今超過30年，每年報考人數節節升高，是世界上規模最大、也最具公信力的日語考試。

新日檢是什麼？

　　近年來，除了一般學習日語的學生之外，更有許多社會人士，為了在日本生活、就業、工作晉升等各種不同理由，參加日本語能力測驗。同時，日本語能力測驗實行30多年來，語言教育學、測驗理論等的變遷，漸有改革提案及建言。在許多專家的縝密研擬之下，自2010年起實施新制日本語能力測驗（以下簡稱新日檢），滿足各層面的日語檢定需求。

　　除了日語相關知識之外，新日檢更重視「活用日語」的能力，因此特別在題目中加重溝通能力的測驗。目前執行的新日檢為5級制（N1、N2、N3、N4、N5），新制的「N」除了代表「日語（Nihongo）」，也代表「新（New）」。

新日檢N5的考試科目有什麼？

新日檢N5的考試科目，分為「言語知識（文字‧語彙）」、「言語知識（文法）‧讀解」與「聽解」三科考試，計分則為「言語知識（文字‧語彙‧文法）‧讀解」120分，「聽解」60分，總分180分，並設立各科基本分數標準，也就是總分須通過合格分數（＝通過標準）之外，各科也須達到一定成績（＝通過門檻），如果總分達到合格分數，但有一科成績未達到通過門檻，亦不算是合格。各級之總分通過標準及各分科成績通過門檻請見下表。

N5總分通過標準及各分科成績通過門檻			
總分通過標準	得分範圍	0~180	
	通過標準	80	
分科成績通過門檻	言語知識 （文字‧語彙‧文法）‧讀解	得分範圍	0~120
		通過門檻	38
	聽解	得分範圍	0~60
		通過門檻	19

從上表得知，考生必須總分超過80分，同時「言語知識（文字‧語彙‧文法）‧讀解」不得低於38分、「聽解」不得低於19分，方能取得N5合格證書。

此外，根據官方新發表的內容，新日檢N5合格的目標，是希望考生能完全理解基礎日語。

新日檢程度標準		
新日檢N5	閱讀（讀解）	‧理解日常生活中以平假名、片假名或是漢字等書寫的語句或文章。
	聽力（聽解）	‧在教室、身邊環境等日常生活中會遇到的場合下，透過慢速、簡短的對話，即能聽取必要的資訊。

新日檢N5的考題有什麼（新舊比較）？

　　從2020年度第2回（12月）測驗起，新日檢N5測驗時間及試題題數基準進行部分變更，考試內容整理如下表所示：

考試科目			題型		題數		考試時間	
			大題	內容	舊制	新制	舊制	新制
（文字・語彙）言語知識	文字・語彙	1	漢字讀音	選擇漢字的讀音	12	7	25分鐘	20分鐘
		2	表記	選擇適當的漢字	8	5		
		3	文脈規定	根據句子選擇正確的單字意思	10	6		
		4	近義詞	選擇與題目意思最接近的單字	5	3		
言語知識（文法）・讀解	文法	1	文法1（判斷文法形式）	選擇正確句型	16	9	50分鐘	40分鐘
		2	文法2（組合文句）	句子重組（排序）	5	4		
		3	文章文法	文章中的填空（克漏字），根據文脈，選出適當的語彙或句型	5	4		
	讀解	4	內容理解（短文）	閱讀題目（包含學習、生活、工作等各式話題，約80字的文章），測驗是否理解其內容	3	2		
		5	內容理解（中文）	閱讀題目（日常話題、場合等題材，約250字的文章），測驗是否理解其因果關係或關鍵字	2	2		
		6	資訊檢索	閱讀題目（廣告、傳單等，約250字），測驗是否能找出必要的資訊	1	1		

考試科目	題型			題數		考試時間	
	大題	內容		舊制	新制	舊制	新制
聽解	1	課題理解	聽取具體的資訊,選擇適當的答案,測驗是否理解接下來該做的動作	7	7	30分鐘	30分鐘
	2	重點理解	先提示問題,再聽取內容並選擇正確的答案,測驗是否能掌握對話的重點	6	6		
	3	說話表現	邊看圖邊聽說明,選擇適當的話語	5	5		
	4	即時應答	聽取單方提問或會話,選擇適當的回答	6	6		

其他關於新日檢的各項改革資訊,可逕查閱「日本語能力試驗」官方網站http://www.jlpt.jp/。

台灣地區新日檢相關考試訊息

測驗日期:每年七月及十二月第一個星期日

測驗級數及時間:N1、N2在下午舉行;N3、N4、N5在上午舉行

測驗地點:台北、桃園、台中、高雄

報名時間:第一回約於三～四月左右,第二回約於八～九月左右

實施機構:財團法人語言訓練測驗中心

(02) 2365-5050

http://www.lttc.ntu.edu.tw/JLPT.htm

如何使用本書

Step1. 本書將新日檢N5「言語知識」必考之文字、語彙、文法，分別介紹及解說：

第一單元 文字・語彙（上）漢字
第二單元 文字・語彙（下）語彙
第三單元 文法・句型（上）基本文法
第四單元 文法・句型（下）應用句型

讀者可依序學習，或是選擇自己較弱的單元加強實力。

MP3序號
發音最準確，隨時隨地訓練聽力！

必考漢字整理
第一單元依照主題分類，同時針對同一漢字的所有發音、詞性和中文解說都做了綜合歸納，若有特殊用法限制時，輔助例句詳加說明，幫助迅速掌握考題趨勢！

必考語彙整理
第二單元依照五十音順做整理，除了可循序漸進背誦外，亦方便查詢。針對「動詞」和「一字多用途」的複雜語彙，亦佐以例句說明，學習最有效率！

文字・語彙　補充

　　有關新日檢N5文字·語彙部分的考試範圍，除了第一單元的「漢字」以及第二單元的「語彙」之外，還有「外來語」和「招呼用語」二部分，篇幅雖少，但歷屆考題從不缺席，所以千萬別輕忽了！

〈外來語〉

　　外來語部分，根據主題，歸納出「食物」、「食器」、「衣物」、「建築物及設施」、「日常生活」、「學校生活」、「電器及交通工具」、「數字及單位」共八大類，請讀者務必跟著MP3朗讀，熟悉這些單字，才能迅速背起來。

01 食物

カレー	咖哩	コーヒー	咖啡
バター	奶油	パン	麵包

02 食器

カップ	杯子	コップ	玻璃杯
スプーン	湯匙	ナイフ	刀子
フォーク	叉子		

114

外來語、招呼用語補充

關新日檢N5文字・語彙部分的考試範圍，還有「外來語」和「招呼用語」，篇幅雖少，但歷屆考題從不缺席，所以千萬別輕忽了！

文法句型與說明

第三單元及第四單元依照出題基準整理文法句型，命中率最高！說明簡單易懂好記憶！

日語例句與解釋

例句生活化，好記又實用。

---

3. 重點文法

　　「イ形容詞」和「ナ形容詞」除了上述基本的語態變化外，隨著之後所承接的詞性不同，也有不同的規則。說明如下：

①イ形容詞
　ナ形容詞＋な ｝＋名詞～

　　形容詞修飾名詞時，「イ形容詞」的後面，可直接加名詞；而「ナ形容詞」則須先加上「な」，方可連接名詞。

▶ 古い 車です。
　舊的車子。

▶ きれいな トイレです。
　乾淨的廁所。

②イ形容詞去い＋くて
　ナ形容詞＋で ｝＋形容詞～

　　當使用複數的形容詞時，連接方式以第一個形容詞為基準，後面所連結的形容詞無須在意類別。若「イ形容詞」在前，則是「去い＋くて」，然後接上後續的形容詞；而「ナ形容詞」則和名詞連接形容詞的方法相同，都是以「で」來承接。

▶ この部屋は 広くて、明るいです。（イ形容詞＋イ形容詞）
　這房間既寬敞又明亮。

▶ この部屋は 広くて、静かです。（イ形容詞＋ナ形容詞）
　這房間既寬敞又安靜。

▶ この部屋は 立派で、大きいです。（ナ形容詞＋イ形容詞）
　這房間既豪華又大。

▶ この部屋は きれいで、便利です。（ナ形容詞＋ナ形容詞）
　這房間既漂亮又方便。

③イ形容詞去い＋く
　ナ形容詞＋に ｝＋一般動詞～

　　形容詞無法直接修飾動詞，需要先改成副詞，方可承接動詞。所以「イ形容詞」只要「去い＋く」即成為副詞，其後便可使用動詞；而「ナ形容詞」則須藉由格助詞「に」的輔助，才可與動詞連用。

▶ 毎日 朝 早く 起きます。
　每天早上早起。

▶ 弟は 字を 上手に 書きます。
　舍弟很擅於寫字。

158

159

Step2. 在研讀前四單元之後，可運用

第五單元 模擬試題＋完全解析

做練習。三回的模擬試題，均附上解答與老師之詳細解
說，測驗實力之餘，也可補強不足之處。

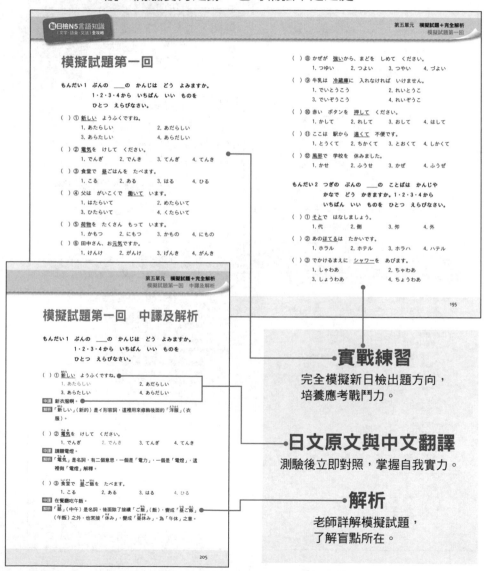

實戰練習
完全模擬新日檢出題方向，
培養應考戰鬥力。

日文原文與中文翻譯
測驗後立即對照，掌握自我實力。

解析
老師詳解模擬試題，
了解盲點所在。

◆本書採用略語如下

名 ⋯⋯⋯ 名詞	**自動** ⋯⋯ 自動詞
疑 ⋯⋯⋯ 疑問詞	**他動** ⋯⋯ 他動詞
副 ⋯⋯⋯ 副詞	**イ形** ⋯⋯ イ形容詞（形容詞）
副助 ⋯⋯ 副助詞	**ナ形** ⋯⋯ ナ形容詞（形容動詞）
感 ⋯⋯⋯ 感動詞	**接續** ⋯⋯ 接續詞
動 ⋯⋯⋯ 動詞	**接頭** ⋯⋯ 接頭語
I ⋯⋯⋯ 第一類動詞	**接尾** ⋯⋯ 接尾語
II ⋯⋯⋯ 第二類動詞	**連體** ⋯⋯ 連體詞
III ⋯⋯⋯ 第三類動詞	**連語** ⋯⋯ 連語

如何掃描 QR Code 下載音檔

1. 以手機內建的相機或是掃描 QR Code 的 App 掃描封面的 QR Code。
2. 點選「雲端硬碟」的連結之後，進入音檔清單畫面，接著點選畫面右上角的「三個點」。
3. 點選「新增至「已加星號」專區」一欄，星星即會變成黃色或黑色，代表加入成功。
4. 開啟電腦，打開您的「雲端硬碟」網頁，點選左側欄位的「已加星號」。
5. 選擇該音檔資料夾，點滑鼠右鍵，選擇「下載」，即可將音檔存入電腦。

目　次

第一單元

19 文字·語彙（上）──漢字篇

119 第三單元 文法・句型（上）——基本文法

120 一　助詞與接尾語

120 1. 格助詞類

01 ～が

02 ～を

03 ～に

04 ～で

05 ～へ

06 ～と

07 ～から / まで

08 ～や

09 ～の

131 2. 副助詞類

01 ～は

02 ～も

03 ～には / へは / とは
でも / からも

04 ～か

05 ～など

06 ～ぐらい

07 ～だけ

08 ～しか

135 3. 接續助詞類

01 ～が

136 4. 終助詞類

01 ～ね

02 ～よ

03 ～わ

137 5. 接尾語類

01 ～中 / 中

02 ～たち / がた

03 ～ごろ

1. て形變化方式與基本句型

01 〜て形＋います。

02 〜て形＋〜て形＋動詞句

03 〜て形＋動作句

04 〜て形＋結果句

05 〜自動詞て形＋います。

　　 〜他動詞て形＋あります。

2. 辭書形變化方式與基本句型

01 〜辭書形＋ことが　できます。

02 〜辭書形＋前に〜

3. た形變化方式與基本句型

01 〜た形＋ことが　あります。

02 〜た形＋後で〜

03 〜た形＋り＋〜た形＋り＋します。

4. ない形變化方式與基本句型

01 〜ない形＋で＋ください。

02 〜ない形去い＋ければ　なりません。

03 〜ない形去い＋く＋ても　いいです。

04 〜ない形＋ほうが　いいです。

05 〜ない形＋で＋動作句

193 第五單元 模擬試題＋完全解析

文字・語彙⊕
漢字篇

　　本書將「N5」範圍內非記不可的單字，分為「漢字篇」、「語彙篇」，以及補充的「外來語」和「招呼用語」等。只要循序漸進好好學習，除了能在「文字語彙」科目中拿到高分之外，並有助於「讀解」及「聽解」的應考。

　　第一單元，我們從國人最熟悉的漢字篇開始學習背誦，加油！

　　「文字·語彙」是新日檢N5測驗中相對單純的部分，屬於有耕耘即可看到收穫的高報酬範疇。除了基本詞彙的「音讀」、「訓讀」、「漢字的寫法」之外，「詞彙的適當用法」也包括在考題設計之中。

　　本單元「漢字篇」不僅依照主題分類，同時針對同一漢字的所有發音，都做了綜合歸納。

　　新日檢N5屬於日語學習中的基礎部分，非得熟記的漢字約莫100個出頭，這些字各有相關的主題性，可細分成「數字」、「錢」、「時間」、「人」、「學校」、「家族」、「方位」、「天氣」、「顏色」、「形容」、「動作」、「自然」、「身體」、「交通」、「其他」共十五大類。

　　以下每一大類中的每一個單字，都列舉了可能的發音、詞性和中文解說，若有特殊用法限制時，也有例句詳加說明。此外，特別需要注意的發音，也用特別色標示出來。讀者可藉由此分類方式，舉一反三，觸類旁通，完全熟悉新日檢N5的漢字。

1 數字 MP3-01))

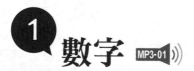

01 一

① <ruby>一<rt>いち</rt></ruby>　　　　　　名 一

② 一月 いちがつ	**名** 一月
③ 一日 いちにち	**名** 一天 楽しい　一日です。 たの　　　いちにち 快樂的一天。
④ 一日 ついたち	**名** 一日 元旦は　一月一日です。 がんたん　　いちがつついたち 元旦是一月一日。
⑤ 一番 いちばん	**名** 第一 この試合は　林さんが　一番です。 　　し あい　　りん　　　　いちばん 這場比賽林先生是第一。 **副** 最〜 季節の　中で　夏が　一番　好きです。 き せつ　　なか　　なつ　　いちばん　　す 季節之中最喜歡夏天。
⑥ 一緒 いっしょ	**副** 一起
⑦ 一つ ひと	**名** 一個
⑧ 一月 ひとつき	**名** 一個月
⑨ 一人 ひとり	**名** 一個人

① 二 ^に	名 二
② 二つ ^{ふた}	名 二個
③ 二人 ^{ふたり}	名 二人
④ 二日 ^{ふつ か}	名 二日

① 三 ^{さん}	名 三
② 三日 ^{みっ か}	名 三日
③ 三つ ^{みっ}	名 三個

① 四／四 ^し ^{よん}	名 四

② 四時 <small>よ じ</small>	名 四時
③ 四日 <small>よっ か</small>	名 四日
④ 四つ <small>よっ</small>	名 四個

05 五

① 五 <small>ご</small>	名 五
② 五日 <small>いつ か</small>	名 五日
③ 五つ <small>いつ</small>	名 五個

06 六

① 六 <small>ろく</small>	名 六
② 六日 <small>むい か</small>	名 六日
③ 六つ <small>むっ</small>	名 六個

 07 七

① 七 / 七 <small>しち／なな</small>	名 七
② 七つ <small>なな</small>	名 七個
③ 七日 <small>なの か</small>	名 七日

 08 八

① 八 <small>はち</small>	名 八
② 八百屋 <small>やおや</small>	名 蔬果行
③ 八つ <small>やっ</small>	名 八個
④ 八日 <small>ようか</small>	名 八日

 09 九

① 九 / 九 <small>きゅう／く</small>	名 九

② <ruby>九<rt>く</rt></ruby><ruby>時<rt>じ</rt></ruby>	**名** 九時
③ <ruby>九<rt>ここの</rt></ruby><ruby>日<rt>か</rt></ruby>	**名** 九日
④ <ruby>九<rt>ここの</rt></ruby>つ	**名** 九個

⑩ 十

① <ruby>十<rt>じゅう</rt></ruby>	**名** 十
② <ruby>十<rt>とお</rt></ruby>	**名** 十個
③ <ruby>十<rt>とお</rt></ruby><ruby>日<rt>か</rt></ruby>	**名** 十日

⑪ 百

① <ruby>百<rt>ひゃく</rt></ruby>	**名** 百

⑫ 千

① <ruby>千<rt>せん</rt></ruby>	**名** 千

⑬ 万

① 万 （まん）	名 萬
② 万年筆 （まんねんひつ）	名 鋼筆

2 錢

① 金

① お金 （かね）	名 錢
② 金曜日 （きんようび）	名 星期五

② 円

① 円 （えん）	名 日幣單位
	名 圓
	<u>円</u>を 描（か）きます。
	畫圓。

| ② 円い
_{まる} | イ形 （平面）圓的 |

③ 時間 MP3-03 🔊

01 年

| ① 年
_{とし} | 名 年 |
| ② ～年
_{ねん} | 接尾 ～年 |

02 月

① ～か月 _{げつ}	接尾 ～個月
② ～月 _{がつ}	接尾 ～月
③ 月曜日 _{げつようび}	名 星期一

03 日

① 〜日 (にち)	**接尾** 〜天
② 日曜日 (にちようび)	**名** 星期日

04 週

① 〜週間 (しゅうかん)	**接尾** 〜星期

05 時

① 〜時 (じ)	**接尾** 〜點鐘
② 時間 (じかん)	**名** 時間
③ 〜時間 (じかん)	**接尾** 〜個小時
④ 時 (とき)	**名** 時候
⑤ 時々 (ときどき)	**副** 偶爾
⑥ 時計 (とけい)	**名** 鐘

06 分

① 分かる	**I自動** 懂
	英語が　分かりますか。
	懂英語嗎？
② 〜分	**接尾** 〜分鐘

07 半

① 半	**名** （〜點）半
② 半分	**名** 一半

08 今

① 今	**名** 現在
② 今日	**名** 今天
③ 今朝	**名** 今天早上

29

④ 今年（ことし）	名 今年
⑤ 今月（こんげつ）	名 這個月
⑥ 今週（こんしゅう）	名 這個星期
⑦ 今晩（こんばん）	名 今天晚上

⑩ 毎

① 毎朝（まいあさ）	名 每天早上
② 毎月（まいげつ）/ 毎月（まいつき）	名 每個月
③ 毎週（まいしゅう）	名 每個星期
④ 毎日（まいにち）	名 每天
⑤ 毎年（まいねん）/ 毎年（まいとし）	名 每年
⑥ 毎晩（まいばん）	名 每天晚上

⑩午

① 午後^{ご ご}	名 下午
② 午前^{ご ぜん}	名 上午

⑪火

① 火曜日^{か よう び}	名 星期二
② 火^ひ	名 火

⑫水

① 水曜日^{すい よう び}	名 星期三
② 水^{みず}	名 水

⑬木

① 木^き	名 樹

| ② 木曜日（もくようび） | 名 星期四 |

⑭ 土

| ① 土曜日（どようび） | 名 星期六 |

4 人 MP3-04

⑪ 人

① ～人（じん）	接尾 （國名、地名）～人
② ～人（にん）	接尾 ～人（單位）
③ 人（ひと）	名 人

⑫ 子

| ① 子供（こども） | 名 小孩 |

03 男

| ① <ruby>男<rt>おとこ</rt></ruby> | 名 男人 |
| ② <ruby>男<rt>おとこ</rt></ruby> の <ruby>子<rt>こ</rt></ruby> | 名 男孩子 |

04 女

| ① <ruby>女<rt>おんな</rt></ruby> | 名 女人 |
| ② <ruby>女<rt>おんな</rt></ruby> の <ruby>子<rt>こ</rt></ruby> | 名 女孩子 |

5 學校 MP3-05))

01 学

| ① <ruby>学生<rt>がくせい</rt></ruby> | 名 學生 |
| ② <ruby>学校<rt>がっこう</rt></ruby> | 名 學校 |

⑫ 先

① 先 (さき)	名 前面、尖端
② 先生 (せんせい)	名 老師
③ 先月 (せんげつ)	名 上個月
④ 先週 (せんしゅう)	名 上星期

⑬ 生

① 生まれる (う)	II自動 出生 子供 (こども) が　生 (う) まれました。 孩子出生了。
② 生徒 (せいと)	名 學員、（國、高中的）學生

6 家族  MP3-06

01 父

① 父 ちち	名 家父
② お父さん とう	名 父親的敬稱、令尊

02 母

① 母 はは	名 家母
② お母さん かあ	名 母親的敬稱、令堂

03 兄

① 兄 あに	名 家兄
② お兄さん にい	名 哥哥的敬稱、令兄

⓸ 姉

① 姉 _{あね}	名 家姊
② お姉さん _{ねえ}	名 姊姊的敬稱、令姊

⓹ 弟

① 弟 _{おとうと}	名 舍弟
② 弟さん _{おとうと}	名 令弟

⓺ 妹

① 妹 _{いもうと}	名 舍妹
② 妹さん _{いもうと}	名 令妹

7 方位

01 上

① 上げる <small>あ</small>	**II他動** 送、給 花を　上げます。 <small>はな　　あ</small> 送花。
② 上 <small>うえ</small>	**名** 上面
③ 上着 <small>うわぎ</small>	**名** 上衣、外衣
④ 上手 <small>じょうず</small>	**名 ナ形** 擅長（的）

02 中

① ～中 <small>じゅう</small>	**接尾** ～之中 タイは　一年中　暑いです。 <small>いちねんじゅう　あつ</small> 泰國一年之中都很熱。
② ～中 <small>ちゅう</small>	**接尾** 正在～中 部長は　外出中です。 <small>ぶちょう　　がいしゅつちゅう</small> 部長外出中。

37

③ 中
<small>なか</small>

名 裡面

箱の　中は　何ですか。
<small>はこ　　なか　　なん</small>

盒子裡面是什麼？

---

03 下

---

① 下
<small>した</small>

名 下面

---

② 下手
<small>へ　た</small>

名 **ナ形** 不擅長（的）、笨拙（的）

---

04 外

---

① 外国
<small>がいこく</small>

名 國外

---

② 外国人
<small>がいこくじん</small>

名 外國人

---

③ 外
<small>そと</small>

名 外面

---

④ 外
<small>ほか</small>

名 另外、其他

外の　人に　お願いします。
<small>ほか　　ひと　　　ねが</small>

拜託其他人。

05 前

① 前 （まえ）	**名** 前面 駅の　前は　銀行です。 （えき）（まえ）（ぎんこう） 車站前面是銀行。
② ～前 （～まえ）	**接尾** ～之前 九時前に　会社へ　行きます。 （く　じ　まえ）（かいしゃ）（い） 九點鐘之前去公司。

06 後

① 後 （あと）	**名** 之後（時間）
② 後ろ （うし）	**名** 後面（空間）

07 左

① 左 （ひだり）	**名** 左邊

08 右

① 右（みぎ）	名 右邊

09 東

① 東（ひがし）	名 東方

10 西

① 西（にし）	名 西方

11 南

① 南（みなみ）	名 南方

12 北

① 北（きた）	名 北方

⑧ 天氣 MP3-08 🔊

⓪¹ 天

| ① 天気 | 名 天氣 |

⓪² 雨

| ① 雨 | 名 雨 |

⓪³ 空

| ① 空 | 名 天空 |

⑨ 顏色 MP3-09 🔊

⓪¹ 青

| ① 青 | 名 藍色 |

② 青<ruby>い<rt>あお</rt></ruby>	<kbd>イ形</kbd> 藍色的

02 赤

① 赤<rt>あか</rt>	<kbd>名</kbd> 紅色
② 赤<ruby>い<rt>あか</rt></ruby>	<kbd>イ形</kbd> 紅色的

03 黑

① 黑<rt>くろ</rt>	<kbd>名</kbd> 黑色
② 黑<ruby>い<rt>くろ</rt></ruby>	<kbd>イ形</kbd> 黑色的

04 白

① 白<rt>しろ</rt>	<kbd>名</kbd> 白色
② 白<ruby>い<rt>しろ</rt></ruby>	<kbd>イ形</kbd> 白色的

⑩ 形容 MP3-10))

⓪① 大

① 大^{おお}きい	**イ形** 大的
② 大^{おお}きな	**連體** 大的 大きな声^{おお}^{こえ}で　歌^{うた}います。 大聲唱歌。
③ 大勢^{おおぜい}	**名** 人數眾多
④ 大人^{おとな}	**名** 大人、成人
⑤ 大学^{だいがく}	**名** 大學
⑥ 大使館^{たいしかん}	**名** 大使館
⑦ 大丈夫^{だいじょうぶ}	**名** **ナ形** 沒問題（的）
⑧ 大好^{だいす}き	**名** **ナ形** 非常喜歡（的）
⑨ 大切^{たいせつ}	**ナ形** 重要（的）

⑩ <ruby>大変<rt>たいへん</rt></ruby>

名 **ナ形** 不容易（的）、費力（的）
<ruby>大変<rt>たいへん</rt></ruby>な　<ruby>仕事<rt>し ごと</rt></ruby>です。
不容易的工作。

副 非常地
<ruby>夏<rt>なつ</rt></ruby>は　<ruby>大変<rt>たいへん</rt></ruby>　<ruby>暑<rt>あつ</rt></ruby>いです。
夏天非常熱。

 小

① <ruby>小<rt>ちい</rt></ruby>さい

イ形 小的

② <ruby>小<rt>ちい</rt></ruby>さな

連體 小的
<ruby>小<rt>ちい</rt></ruby>さな<ruby>声<rt>こえ</rt></ruby>で　<ruby>話<rt>はな</rt></ruby>します。
小聲說話。

 高

① <ruby>高<rt>たか</rt></ruby>い

イ形 高的
<ruby>高<rt>たか</rt></ruby>い　<ruby>山<rt>やま</rt></ruby>です。
高的山。

イ形 貴的
<ruby>値段<rt>ね だん</rt></ruby>が　<ruby>高<rt>たか</rt></ruby>いです。
價錢很貴。

04 長

| ① 長い _{なが} | イ形 長的 |

05 多

| ① 多い _{おお} | イ形 多的 |

06 少

| ① 少ない _{すく} | イ形 少的 |
| ② 少し _{すこ} | 副 少許 |

07 新

| ① 新聞 _{しんぶん} | 名 報紙 |
| ② 新しい _{あたら} | イ形 新的 |

古

① 古い	イ形 舊的

 安

① 安い	イ形 便宜的

 易

① 易い	イ形 簡單的

11 動作 MP3-11))

01 行

① 行く / 行く	I自動 去 学校へ　行きます。 去學校。

⓿❷ 来

① 来る	Ⅲ自動 來 家へ　来ます。 來我家。
② 来月	名 下個月
③ 来週	名 下星期
④ 来年	名 明年

⓿❸ 食

① 食べる	Ⅱ他動 吃 ご飯を　食べます。 吃飯。
② 食堂	名 食堂
③ 食べ物	名 食物

04 飲

① 飲む	**I他動** 喝 お茶を 飲みます。 喝茶。 **I他動** 吃（藥） 薬を 飲みます。 吃藥。
② 飲み物	**名** 飲料

05 話

① 話す	**I他動** 說 お母さんに 話しましょう。 跟母親說吧。
② 話	**名** 話

06 立

① 立つ	**I自動** 站立 立って ください。 請起立。

| ② 立派
<small>りっぱ</small> | **ナ形** 氣派（的）、優秀（的） |

| ① 見る
<small>み</small> | **II他動** 看
テレビを　見ます。
<small>み</small>
看電視。 |

08 入

| ① 入れる
<small>い</small> | **II他動** 打開電源
スイッチを　入れます。
<small>い</small>
打開電源。

II他動 裝入
封筒に　手紙を　入れます。
<small>ふうとう</small>　　<small>て がみ</small>　　<small>い</small>
將信裝入信封。

II他動 泡茶
お茶を　入れます。
<small>ちゃ</small>　　<small>い</small>
泡茶。 |

② 入る （はい）	**I自動** 進入 大学（だいがく）に　入（はい）りました。 進了大學。
③ 入口 （いりぐち）	**名** 入口

⑨ 出

① 出す （だ）	**I他動** 拿出、提出 レポートを　出（だ）します。 交報告。
② 出かける （で）	**II自動** 外出 散歩（さんぽ）に　出（で）かけます。 外出散步。
③ 出る （で）	**II自動** 出去 家（いえ）を　出（で）ます。 出門。
④ 出口 （でぐち）	**名** 出口

⑩ 言

① 言う	I他動 說
	「謝謝」は　日本語で　何と　言いますか。
	「謝謝」用日語怎麼說呢？
② 言葉	名 單字、語言

⑪ 聞

① 聞く	I他動 聽
	音楽を　聞きます。
	聽音樂。
	I他動 問
	先生に　聞きましょう。
	問老師吧。

⑫ 読

① 読む	I他動 閱讀
	本を　読みます。
	看書。

⑬ 書

① 書^かく	**I他動** 寫 名前^{なまえ}を 書^かきます。 寫名字。
② 辞書^{じしょ}	**名** 字典

⑭ 休

① 休^{やす}む	**I他動** 休息、休假、請假 学校^{がっこう}を 休^{やす}みます。 向學校請假。
② 休^{やす}み	**名** 休息、休假、請假

⑮ 買

① 買^かう	**I他動** 購買 本^{ほん}を 買^かいました。 買了書。

② 買_かい物_{もの}	名 購物

12 身體 MP3-12))

01 口

① 口_{くち}	名 嘴

02 耳

① 耳_{みみ}	名 耳朵

03 手

① 手_て	名 手
② お手洗_{てあら}い	名 洗手間
③ 手紙_{てがみ}	名 信

04 足

| ① 足
<small>あし</small> | 名 腳 |

05 目

| ① 目
<small>め</small> | 名 眼睛 |

13 自然 MP3-13

01 川

| ① 川
<small>かわ</small> | 名 河川 |

02 山

| ① 山
<small>やま</small> | 名 山 |

⓪③ 花

① 花 はな	名 花
② 花瓶 か びん	名 花瓶

⓪④ 魚

① 魚 さかな	名 魚

⑭ 交通 MP3-14))

⓪① 電

① 電気 でん き	名 電力、電燈
② 電車 でんしゃ	名 電車
③ 電話 でん わ	名 電話

02 車

① 車（くるま）	**名** 車子
② 自転車（じてんしゃ）	**名** 腳踏車
③ 自動車（じどうしゃ）	**名** 汽車

03 道

① 道（みち）	**名** 道路

04 駅

① 駅（えき）	**名** 車站

15 其他 MP3-15))

01 名

① 名前 なまえ	名 名字
② 有名 ゆうめい	名 ナ形 有名（的）

02 友

① 友達 ともだち	名 朋友

03 何

① 何 / 何 なに　なん	疑 什麼
② 何～ / 何～ なに　　なん	接頭 什麼～、幾～ 何色ですか。 なにいろ 什麼顏色呢？ 今、何時ですか。 いま　なんじ 現在幾點鐘？

本

① 本 _{ほん}	**名** 書
② ～本 _{ほん}	**接尾** ～瓶、～枝（尖而長的東西）
③ 本棚 _{ほんだな}	**名** 書架
④ 本当 _{ほんとう}	**名** **ナ形** 真正（的） このニュースは　本当_{ほんとう}です。 這新聞是真的。 **副** 實在 本当_{ほんとう}に　安_{やす}いです。 實在便宜。

05 国

① 国 _{くに}	**名** 國家
② 外国 _{がいこく}	**名** 國外

① ～語_ご

接尾 ～語
日本語_{に ほん ご}は　易_{やさ}しいです。
日語是簡單的。

① 会_あう

Ⅰ自動 見面
友達_{ともだち}に　会_あいます。
和朋友見面。

② 会社_{かいしゃ}

名 公司
ＩＢＭ_{アイビーエム}は　大_{おお}きい　会社_{かいしゃ}です。
IBM是大公司。

08 店

① 店_{みせ}

名 商店

② 喫茶店_{きっ さ てん}

名 咖啡店

MEMO

第二單元

文字・語彙 下

語彙篇

這個單元主要是針對平假名單字所做的整理,除了單字的背誦之外,漢字的表現方式也需要留意。因為檢定考有一大題,就是專門考單字的漢字或是片假名的寫法。另外動詞的部分,自動詞與他動詞的詞性也是考試的題材,請一起記憶!

　　本單元「語彙篇」，將新日檢N5範圍中約800個平假名單字，依照音順做整理，除了可循序漸進背誦外，亦方便查詢。

　　此外，有漢字的平假名，亦附上漢字，並有詞性說明，方便讀者學習。而針對「動詞」和「一字多用途」的複雜語彙，亦佐以例句說明，讓考生易於理解的同時，更可達到舉一反三，擺脫死記和無效率的單字記憶夢魘。

　　相信只要熟記這些單字，必能輕鬆拿下高分！

あかるい（明るい）	**イ形** 明亮的、開朗的
あき（秋）	**名** 秋天
あく（開く）	**I自動**（門）開 ドアが　開<ruby>あ</ruby>きます。 門會開。
あける（開ける）	**II他動** 打開 窓<ruby>まど</ruby>を　開<ruby>あ</ruby>けます。 開窗戶。

あさ（朝）	名 早上
あさごはん（朝ご飯）	名 早飯
あさって	名 後天
あした（明日）	名 明天
あそぶ（遊ぶ）	I自動 玩 子供と　遊びます。 和小孩玩。
あたたかい（暖かい）	イ形 溫暖的
あたま（頭）	名 頭
あつい（暑い）	イ形 （天氣）熱的
あつい（熱い）	イ形 （天氣以外）高溫的、熱情的
あつい（厚い）	イ形 厚的
あなた	名 （稱謂）你

あびる（浴びる）	**II他動** 淋浴 シャワーを　浴_あびます。 沖澡。
あぶない（危ない）	**イ形** 危險的
あまい（甘い）	**イ形** 甜的
あまり	**副** 不太～（後面接續否定） これは　あまり　おいしくないです。 這個不太好吃。
あめ（飴）	**名** 糖果
あらう（洗う）	**I他動** 洗 手_てを　洗_{あら}います。 洗手。
ある	**I自動**（無生物的）存在 いすは　教室_{きょうしつ}に　あります。 椅子在教室。 **I自動**（無生物的）擁有 本棚_{ほんだな}に　本_{ほん}が　あります。 書架上有書。

| あるく（歩く） | I自動 走路
学校まで　歩きます。
走到學校。 |

 MP3-17))

いい / よい	イ形 好的
いいえ	感 不、不是
いえ（家）	名 家（指房子）
いかが	疑 如何、怎麼樣 （「どう」（怎樣）的敬語體）
いくつ	疑 幾個
いくら	疑 多少錢
いけ（池）	名 池塘

いしゃ（医者）	**名** 醫生
いす（椅子）	**名** 椅子
いそがしい（忙しい）	**イ形** 忙碌的
いたい（痛い）	**イ形** 痛的
いつ	**疑** 何時
いつも	**副** 總是
いぬ（犬）	**名** 狗
いみ（意味）	**名** 意思
いや（嫌）	**ナ形** 討厭（的）
いる（居る）	**II自動**（生命體的）存在 教室に 学生が います。 學生在教室。 **II自動**（生命體的）有 魚が います。 有魚。

いる（要る）	I自動 需要 切手が 要ります。 需要郵票。
いろ（色）	名 顔色
いろいろ（色々）	名 ナ形 各式各樣（的）

うすい（薄い）	イ形 薄的、淡的
うた（歌）	名 歌
うたう（歌う）	I他動 唱歌 歌を 歌います。 唱歌。
うち（家）	名 家（指家庭）
うみ（海）	名 海

うる（売る）	**I他動** 販賣 家を　売ります。 賣房子。
うるさい	**イ形** 吵雜的

え（絵）	**名** 畫
えいが（映画）	**名** 電影
えいがかん（映画館）	**名** 電影院
えいご（英語）	**名** 英語
ええ	**感**（口語）是、對
えんぴつ（鉛筆）	**名** 鉛筆

おいしい	イ形 美味的
おかし（お菓子）	名 點心、零食
おきる（起きる）	II自動 起床 六時に　起きます。 六點起床。
おく（置く）	I他動 つくえの　上に　置きました。 放在桌上了。
おくさん（奥さん）	名 尊稱他人的太太
おさけ（お酒）	名 酒
おさら（お皿）	名 碟子、小盤子
おじ（伯父／叔父）	名 自己的伯、叔、姑、舅父

おじさん （伯父さん／叔父さん）	名 對自己或他人的伯、叔、姑、舅父 的尊稱
おじいさん（お爺さん）	名 對自己或他人的爺爺的尊稱
おしえる（教える）	II他動 教 英語を　教えます。 教英語。
おす（押す）	I他動 壓、推 このボタンを　押して　ください。 請按這個鈕。
おそい（遅い）	イ形 緩慢的、晚的
おちゃ（お茶）	名 茶
おととい	名 前天
おととし	名 前年
おなか	名 肚子、腹部

おなじ（同じ）	ナ形 相同（的）
おば（伯母 / 叔母）	名 自己的伯、叔、姑、舅母
おばさん （伯母さん / 叔母さん）	名 對自己或他人的伯、叔、姑、舅母 的尊稱
おばあさん（お婆さん）	名 對自己或他人的奶奶的尊稱
おべんとう（お弁当）	名 便當
おぼえる（覚える）	II他動 記住 名前を　覚えました。 記住名字了。
おまわりさん （お巡りさん）	名 警察
おもい（重い）	イ形 重的
おもしろい（面白い）	イ形 有趣的

およぐ（泳ぐ）	**I自動** 游泳 プールで　泳ぎました。 在游泳池游了泳。
およる（降りる）	**II自動** 下 バスを　降りました。 下公車了。
おわる（終わる）	**I自動** 結束 授業が　終わりました。 課程結束了。
おんがく（音楽）	**名** 音樂

か MP3-21))

～かい（～回）	**接尾** ～回
～かい（～階）	**接尾** ～樓
かいだん（階段）	**名** 樓梯

かえす（返す）	I他動 歸還 お金を　返しました。 還錢了。
かえる（帰る）	I自動 回去 家へ　帰ります。 回家。
かお（顔）	名 臉
かかる	I自動 花費 駅まで　十五分　かかります。 到車站花費十五分鐘。
かぎ	名 鑰匙
かける	II他動 戴 めがねを　かけます。 戴眼鏡。 II他動 打電話 電話を　かけます。 打電話。

かさ（傘）	**名** 傘
かす（貸す）	**I他動** 借出、借給 本を 貸しました。 借（給別人）書了。
かぜ（風）	**名** 風
かぜ（風邪）	**名** 感冒
かぞく（家族）	**名** 家人、家族
かた（方）	**名** 對人的尊稱 この方は 林先生です。 這位是林老師。
かたかな（片仮名）	**名** 片假名
かてい（家庭）	**名** 家庭
かど（角）	**名** 角落、轉角
かばん（鞄）	**名** 袋子、包包

かぶる	I他動 戴 帽子を　かぶります。 戴帽子。
かみ（紙）	名 紙
からい（辛い）	イ形 辣的
からだ（体）	名 身體
かりる（借りる）	II他動 借入 お金を　借りました。 借了錢。
かるい（軽い）	イ形 輕的
～がわ（～側）	接尾 ～邊、～側 わたしの　右側に　座って　ください。 請坐在我的右邊。
かわいい（可愛い）	イ形 可愛的
かんじ（漢字）	名 漢字

 MP3-22

きいろ（黄色）	名 黄色
きいろい（黄色い）	イ形 黃色的
きえる（消える）	II自動 消失、熄滅 火が　消えました。 火熄了。
きたない（汚い）	イ形 骯髒的
きって（切手）	名 郵票
きっぷ（切符）	名 票
きのう（昨日）	名 昨天
ぎゅうにく（牛肉）	名 牛肉
ぎゅうにゅう（牛乳）	名 牛奶
きょうしつ（教室）	名 教室

きょうだい（兄弟）	**名** 兄弟姊妹
きょねん（去年）	**名** 去年
きらい（嫌い）	**名** **ナ形** 惹人厭（的）
きる（切る）	**I他動** 切、剪 髪を　切ります。 剪頭髮。
きる（着る）	**II他動** 穿 コートを　着ます。 穿大衣。
きれい	**名** **ナ形** 漂亮（的）、乾淨（的）
ぎんこう（銀行）	**名** 銀行
きんようび（金曜日）	**名** 星期五

 MP3-23

くすり（薬）	名 藥
ください	動（命令形）請（給我）
くだもの（果物）	名 水果
くつ（靴）	名 鞋子
くつした（靴下）	名 襪子
くもり（曇り）	名 陰天
くもる（曇る）	I自動 陰暗 空が 曇って います。 天空陰陰的。
くらい（暗い）	イ形 暗的、陰鬱的
〜くらい / ぐらい （〜位）	副助 大約、左右

 MP3-24

けいかん（警官）	名 警官
けす（消す）	I他動 關（電器類） 電気を　消します。 關電燈。
けっこう（結構）	名 ナ形 好（的）、足夠（的）
けっこんする （結婚する）	III自動 結婚 去年　結婚しました。 去年結婚了。
げんかん（玄関）	名 玄關
げんき（元気）	名 ナ形 有朝氣（的）、健康（的）

 MP3-25

～こ（～個）	接尾 ～個

こうえん（公園）	名 公園
こうさてん（交差点）	名 十字路口
こうちゃ（紅茶）	名 紅茶
こうばん（交番）	名 派出所
こえ（声）	名 （人或動物發出的）聲音
こたえる（答える）	II自動 回答 質問に 答えて ください。 請回答問題。
ごはん（ご飯）	名 飯
こまる（困る）	I自動 困擾 お金に 困って います。 為了錢的事情傷著腦筋。
ころ（頃）	名 時候
～ごろ（～頃）	接尾 ～時候

～さい（～才 / 歳）	接尾 ～歳
さいふ（財布）	名 錢包
さく（咲く）	I自動 開花 花^{はな}が　咲^さいて　います。 花正開著。
さくぶん（作文）	名 作文
さす	I他動 撐（傘） 傘^{かさ}を　さします。 撐傘。
～さつ（～冊）	接尾 ～冊（書和筆記本）
ざっし（雑誌）	名 雑誌
さとう（砂糖）	名 砂糖
さむい（寒い）	イ形 寒冷的

さらいねん（さ来年）	名 後年
～さん	接尾 ～先生、～小姐
さんぽする（散歩する）	III自動 散歩 毎日　散歩します。 まいにち　さんぽ 每天散步。

MP3-27))

しお（塩）	名 鹽
しかし	接續 可是、但是
しごと（仕事）	名 工作
しずか（静か）	ナ形 安靜（的）
しつもん（質問）	名 詢問、疑問

しぬ（死ぬ）	I自動 死 病気で　死にました。 因生病死了。
じびき（字引）	名 字典
じぶん（自分）	名 自己
しまる（閉まる）	I自動 （門）關 店が　閉まりました。 店關了。
しめる（閉める）	II他動 關閉（門窗） ドアを　閉めます。 關門。
しめる（締める）	II他動 繋、綁 ひもを　締めます。 繋繩子。
しゃしん（写真）	名 照片
じゅぎょう（授業）	名 上課

しゅくだい（宿題）	名 作業
じょうぶ（丈夫）	ナ形 堅固（的）、健康（的）
しょうゆ（醤油）	名 醬油
しる（知る）	I他動 知道 林さんの　電話番号を　知りました。 知道林先生的電話了。

 MP3-28

すう（吸う）	I他動 吸 タバコは　吸いません。 不抽菸。
すき（好き）	名 ナ形 喜歡（的）
～すぎ	接尾 ～過多 食べすぎは　体に　よくないです。 吃過多對身體不好。

すぐに	副 馬上
すずしい（涼しい）	イ形 涼爽的
～ずつ	副助 各～ 一人 五十円ずつです。 一個人各五十日圓。
すむ（住む）	I自動 住 台北に 住んで います。 住在台北。
する	III他動 做 宿題を します。 做作業。
すわる（座る）	I自動 坐 隣に 座ります。 坐隔壁。

 MP3-29

せ／せい（背）	**名** 身高
せっけん（石けん）	**名** 肥皂
せびろ（背広）	**名** 西裝
せまい（狭い）	**イ形** 狹窄的
せんたくする （洗濯する）	**III他動** 洗滌 洋服を　洗濯します。 洗衣服。
ぜんぶ（全部）	**名** 全部

 MP3-30

そう	**副** 那樣地 わたしも　そう　思います。 我也這麼想。

そうじする（掃除する）	III他動 掃除 トイレを 掃除します。 洗廁所。
そうして / そして	接續 而且
そば（側）	名 旁邊 窓の そばに 写真が あります。 窗戶旁邊有照片。
それから	接續 然後
それでは	接續 如果那樣、那麼

～だい（～台）	接尾 ～台（機器和車輛）
だいどころ（台所）	名 廚房
たくさん	副 很多

だけ	副助 只有
たて（縦）	名 縱、直
たてもの（建物）	名 建築物
たのしい（楽しい）	イ形 快樂的
たのむ（頼む）	I他動 拜託、請求 この荷物を　頼みます。 這件行李，拜託你。
たぶん（多分）	副 大概
たまご（卵／玉子）	名 蛋
だれ（誰）	疑 誰
だれか（誰か）	連語 某人
たんじょうび（誕生日）	名 生日
だんだん（段々）	副 漸漸地

ち MP3-32))

ちかい（近い）	イ形 近的
ちがう（違う）	I自動 不同、不對 意味が　違います。 意思不對。
ちかく（近く）	副 不久、快要
ちかてつ（地下鉄）	名 地下鐵
ちず（地図）	名 地圖
ちゃいろ（茶色）	名 咖啡色
ちゃわん（茶碗）	名 碗
ちょうど	副 剛好
ちょっと	副 一點點、一下下

 MP3-33))

つかう（使う）	**I他動** 使用 はしを　使^{つか}います。 使用筷子。
つかれる（疲れる）	**II自動** 疲憊 たいへん　疲^{つか}れました。 非常疲憊。
つぎ（次）	**名** 下一個
つく（着く）	**I自動** 抵達 会社^{かいしゃ}に　着^つきました。 抵達公司。
つくえ（机）	**名** 桌子
つくる（作る）	**I他動** 製作 机^{つくえ}を　作^{つく}ります。 製作桌子。

つける	II他動 打開（電器） 電気を　つけます。 打開電燈。
つとめる（勤める）	II他動 任職 大学に　勤めて　います。 任職於大學。
つまらない	イ形 無趣的
つめたい（冷たい）	イ形 （天氣以外）冷的、冷漠的
つよい（強い）	イ形 強的

できる	II自動 能夠、會 日本語が　できます。 會日語。
では	接續 那麼

でも	接續 可是

と MP3-35))

と（戸）	名 門
～ど（～度）	接尾 ～次
どう	疑 如何
どうして	疑 為什麼
どうぞ	副 請
どうぶつ（動物）	名 動物
どうも	副 實在、真 どうも　ありがとう　ございます。 真的謝謝你。
とおい（遠い）	イ形 遠的

ところ（所）	名 地方
としょかん（図書館）	名 圖書館
とても	副 非常
どなた	疑 哪位（「誰」（誰）的敬語）
となり（隣）	名 隔壁
とぶ（飛ぶ）	Ⅰ自動 飛 飛行機が　空を　飛んで　います。 飛機在天上飛。
とまる（止まる）	Ⅰ自動 停止 電車が　止まりました。 電車停了。
とり（鳥）	名 鳥
とりにく（とり肉）	名 雞肉

| とる（取る） | I他動 取
料理を　取ります。
拿菜。 |
| とる（撮る） | I他動 攝影
写真を　撮ります。
拍照。 |

 MP3-36

ない	イ形 沒有的
なく（鳴く）	I自動 鳴叫 鳥が　鳴いて　います。 鳥正在叫。
なくす（無くす）	I他動 弄丟 お金を　無くしました。 弄丟錢了。
なぜ	疑 為什麼

なつ（夏）	名 夏天
なつやすみ（夏休み）	名 暑假
～など（～等）	副助 （列舉）～等
ならう（習う）	I他動 學習 日本語を　習います。 學日語。
ならぶ（並ぶ）	I自動 排隊 人が　並んで　います。 人正排著隊。
ならべる（並べる）	II他動 排列、擺放 本を　並べます。 排列書本。
なる	I自動 成為、變成 春に　なりました。 變成春天了。

 MP3-37))

にぎやか（賑やか）	ナ形 熱鬧（的）
にく（肉）	名 肉
にもつ（荷物）	名 行李
にわ（庭）	名 庭院

ぬぐ（脱ぐ）	I他動 脱 服を　脱ぎます。 脱衣服。
ぬるい（温い）	イ形 温的

ねこ（猫）	名 貓
ねる（寝る）	II自動 睡覺 十二時（じゅうにじ）に 寝（ね）ます。 十二點睡覺。

のぼる（登る）	I自動 攀爬、登 山（やま）を 登（のぼ）ります。 爬山。
のる（乗る）	I自動 搭乘 バスに 乗（の）ります。 搭公車。

 MP3-38

は（歯）	名 牙齒
はい	感 對、是
〜はい（〜杯）	接尾 〜杯
はいざら（灰皿）	名 菸灰缸
はがき（葉書）	名 明信片
はく	I他動 穿（鞋）、穿（褲子、裙子） ズボンを　はきます。 穿褲子。 靴を　はきます。 穿鞋子。
はこ（箱）	名 箱子
はし（橋）	名 橋樑
はし（箸）	名 筷子

はじまる（始まる）	**I自動** 開始 授業が　始まりました。 開始上課了。
はじめ（初め / 始め）	**名** 開始、最初
はじめて （初めて / 始めて）	**副** 第一次
はしる（走る）	**I自動** 跑步 毎朝　走ります。 每天早上跑步。 **I自動** 行駛 電車が　走ります。 電車行駛。
はたち（二十歳）	**名** 二十歳
はたらく（働く）	**I他動** 工作 毎日　働きます。 每天工作。
はつか（二十日）	**名** 二十日

はな（鼻）	名 鼻子
はな（花）	名 花
はやい（早い）	イ形 早的
はやい（速い）	イ形 快的
はる（春）	名 春天
はる	I他動 貼 切手を　はります。 貼郵票。
はれ（晴れ）	名 晴天
はれる（晴れる）	II自動 放晴 今日も　晴れました。 今天也放晴了。
ばん（晩）	名 晚上
〜ばん（〜番）	接尾 〜號

ばんごう（番号）	名 號碼
ばんごはん（晩ご飯）	名 晚飯

 MP3-39))

～ひき（～匹）	接尾 ～隻、～尾（小動物、魚和昆蟲）
ひく（引く）	I他動 拉 綱を 引きます。 拉繩索。
ひく（弾く）	I他動 彈 ピアノを 弾きます。 彈琴。
ひこうき（飛行機）	名 飛機
ひま（暇）	名 ナ形 空閒（的）
びょういん（病院）	名 醫院

びょうき（病気）	名 生病
ひらがな（平仮名）	名 平假名
ひる（昼）	名 中午
ひるごはん（昼ご飯）	名 午飯
ひろい（広い）	イ形 寬廣的

ふうとう（封筒）	名 信封
ふく（吹く）	I他動 吹熄 ろうそくを 吹^ふきます。 吹蠟燭。 I自動 吹、颳風 風^{かぜ}が 吹^ふきます。 颳風。

ふく（服）	名 衣服
ぶたにく（豚肉）	名 豬肉
ふとい（太い）	イ形 胖的、粗的
ふゆ（冬）	名 冬天
ふる（降る）	I自動 落下 雨が　降りました。 下雨了。
ふろ（風呂）	名 浴室
～ふん（～分）	接尾 ～分鐘
ぶんしょう（文章）	名 文章

へ MP3-41)))

へや（部屋）	名 房間

へん（辺）	**名** 附近、這一帶 この辺に　郵便局が　ありますか。 這附近有郵局嗎？
べんきょうする （勉強する）	**III他動** 唸書、學習 日本語を　勉強します。 唸日語。
べんり（便利）	**名** **ナ形** 便利（的）

 MP3-42))

ほう	**名** 方向、（比較時）那方面 日本語の　ほうが　上手です。 比較擅長日語。
ぼうし（帽子）	**名** 帽子
ほしい（欲しい）	**イ形** 想要的
ほそい（細い）	**イ形** 瘦的、細的

～まい（～枚）	接尾 ～張、～件、～片 （薄或扁平的東西）
まがる（曲がる）	I自動 轉彎 あの角を　曲がります。 在那轉角轉彎。
まずい	イ形 難吃的
また（又）	副 再
まだ	副 尚未
まち（町）	名 城鎮、街道
まつ（待つ）	I他動 等待 ちょっと　待って　ください。 請等一下。
まっすぐ	副 筆直、直接地
まど（窓）	名 窗戶

| まるい（丸い） | イ形 （立體）圓的 |

 MP3-44

みがく（磨く）	I他動 刷 歯を 磨きます。 刷牙。
みじかい（短い）	イ形 短的
みせる（見せる）	II他動 給人家看、顯示 それを 見せて ください。 請讓我看一下那個。
みどり（緑）	名 綠色
みなさん（皆さん）	名 （尊稱）大家、各位
みみ（耳）	名 耳朵
みんな	名 大家、各位

むこう（向こう）	**名** 對面
むずかしい（難しい）	**イ形** 困難的
むら（村）	**名** 村落

めがね（眼鏡）	**名** 眼鏡

 MP3-45))

もう	**副** 已經 <u>もう</u> 帰^{かえ}りました。 已經回家了。 **副** 再 <u>もう</u> 一度^{いちど} 言^いって ください。 請再說一次。

もしもし	感（接電話時）喂
もつ（持つ）	I他動 拿著 辞書を　持ちます。 じしょ　　も 拿著字典。
もっと	副 更加
もの（物）	名 東西、物品
もん（門）	名 門
もんだい（問題）	名 問題

や MP3-46))

〜や（〜屋）	接尾 〜店
やさい（野菜）	名 蔬菜
やさしい（易しい）	イ形 容易的

やさしい（優しい）	イ形 温柔的
やる	I他動 做（「する」較不客氣的說法） 仕事を　やります。 做工作。 I他動 餵、澆水 花に　水を　やります。 給花澆水。

ゆうがた（夕方）	名 傍晚
ゆうはん（夕飯）	名 晚飯
ゆうびんきょく （郵便局）	名 郵局
ゆうべ	名 昨晚
ゆき（雪）	名 雪

ゆっくり	副 慢慢地（動作） **ゆっくり** 食^たべて ください。 請慢慢地吃。

 MP3-48

ようふく（洋服）	名 衣服
よく	副 經常地 **よく** 図書館^{としょかん}へ 行^いきます。 經常上圖書館。 副 很 **よく** できました。 做得很好。
よこ（横）	名 橫、旁邊
よぶ（呼ぶ）	I他動 呼喚 お父さんを 呼^よんで ください。 請叫令尊。

よる（夜）	名 夜晚
よわい（弱い）	イ形 弱的

り MP3-49))

りゅうがくせい （留学生）	名 留學生
りょうしん（両親）	名 雙親
りょうり（料理）	名 料理
りょこうする （旅行する）	Ⅲ自動 旅行 来週　友達と　旅行します。 らいしゅう　ともだち　　りょこう 下星期和朋友去旅行。

 MP3-50))

れい（零）	**名** 零
れいぞうこ（冷蔵庫）	**名** 冰箱
れんしゅうする （練習する）	**III他動** 練習 テニスを 練習します。 練習網球。

 MP3-51))

ろうか（廊下）	**名** 走廊

 MP3-52))

わかい（若い）	イ形 年輕的
わすれる（忘れる）	II他動 忘記 財布を 忘れました。 忘了錢包。
わたくし（私）	名 我（「私」的謙稱）
わたし（私）	名 我
わたす（渡す）	I他動 給、交遞 お金を 渡しました。 給了錢。
わたる（渡る）	I自動 渡過 橋を 渡ります。 過橋。
わるい（悪い）	イ形 不好的

文字・語彙　補充

　　有關新日檢N5文字・語彙部分的考試範圍，除了第一單元的「漢字」以及第二單元的「語彙」之外，還有「外來語」和「招呼用語」二部分，篇幅雖少，但歷屆考題從不缺席，所以千萬別輕忽了！

〈外來語〉 MP3-53))

　　外來語部分，根據主題，歸納出「食物」、「食器」、「衣物」、「建築物及設施」、「日常生活」、「學校生活」、「電器及交通工具」、「數字及單位」共八大類，請讀者務必跟著MP3朗讀，熟悉這些單字，才能迅速背起來。

01 食物

カレー	咖哩	コーヒー	咖啡
バター	奶油	パン	麵包

02 食器

カップ	杯子	コップ	玻璃杯
スプーン	湯匙	ナイフ	刀子
フォーク	叉子		

03 衣物

コート	大衣	シャツ	襯衫
スカート	裙子	ズボン	長褲
スリッパ	拖鞋	セーター	毛衣
ネクタイ	領帶	ハンカチ	手帕
ポケット	口袋	ワイシャツ	Y領襯衫

04 建築物及設施

アパート	公寓	エレベーター	電梯
デパート	百貨公司	ドア	門
トイレ	廁所	プール	游泳池
ホテル	飯店	レストラン	餐廳

05 日常生活

カレンダー	月曆	ギター	吉他
コピー	影印	シャワー	沖澡
スポーツ	運動	タバコ	菸
テーブル	餐桌	ニュース	新聞
パーティー	派對	フィルム	底片
ベッド	床	ペット	寵物
ポスト	郵筒	ボタン	按鈕
マッチ	火柴		

06 學校生活

クラス	班級	テスト	測驗
ノート	筆記本	ページ	頁數
ペン	鋼筆	ボールペン	原子筆

07 電器及交通工具

カメラ	相機	ストーブ	暖爐
テレビ	電視	ラジオ	收音機
タクシー	計程車	バス	巴士

08 數字及單位

キログラム	公斤	キロメートル	公里
グラム	公克	ゼロ	零
メートル	公尺		

〈招呼用語〉 MP3-54))

　　雖都是日常的招呼用語，但其實也各有其主題性，以下整理成七類，分別是「日常問候」、「自我介紹」、「道別」、「道歉」、「拜訪」、「用餐」、「致謝」，請搭配MP3好好學習。因為這些招呼用語，不僅是新日檢必考內容，在日常生活會話中，也經常會使用到，所以，請好好記下來吧！

01 日常問候

おはよう　ございます。	早安。
こんにちは。	午安。
こんばんは。	晚安。
おやすみなさい。	（睡覺前的）晚安。
いって　きます。	我要出門了。
いってらっしゃい。	慢走。

02 自我介紹

はじめまして。	初次見面。
（どうぞ）よろしく。	請多指教。
おねがいします。	拜託您、麻煩您。
こちらこそ。	彼此彼此（我才請您多指教）。

03 道別

（では）おげんきで。	（那麼）請多保重。
さよなら。／さようなら。	再見。
では、また。	再見（用於熟人）。

04 道歉

すみません。	對不起。（比「ごめんなさい」正式）
ごめんなさい。	抱歉。

05 拜訪

ごめんください。	（進門前）有人在嗎？
いらっしゃいませ。	歡迎光臨。
失礼します。/	打擾。/ 打擾了。
失礼しました。	

06 用餐

いただきます。	開動。
ごちそうさまでした。	謝謝招待（用餐後使用）。

07 致謝

どうも　ありがとう　ございます。/	謝謝。/
どうも　ありがとう　ございました。	謝謝了。
（いいえ）どう　いたしまして。	（不）不客氣。

第三單元

句型・文法(上)
基本文法

新的日語能力測驗型態，已經不同以往，靠死背就可以過關。新的題型更加著重於「脈絡的理解」以及「句型、文法的活用」。為了可以從容面對這樣的轉變，本書不僅縱向的整理，列舉出所有詞性的基本文法（第三單元），更加入了橫向的歸納，依照文意，整理出各類的相關句型（第四單元）。如此一來，不管是單句的文法測驗，或是文章式的理解測驗，都能輕鬆搞定！

　　新日檢N5的基本文法，可以說是學習日語的入門文法。在「基本文法」這個單元中，我們以「一、助詞與接尾語，二、指示詞，三、疑問詞，四、名詞，五、形容詞，六、副詞，七、動詞」之順序，依照各詞性的基本重點，分門別類列舉說明，配合例句解說，以加深學習印象。

　　相信只要依照此順序學習，對日語基礎文法，必有通盤的了解。當然，對新日檢N5的言語知識、讀解、聽解各個科目，也會有極大的助益。

① 助詞與接尾語

　　助詞可說是日語的一大特色，種類眾多且各具功能，往往是考試的重點。

　　以下解說除了依照文法定義做「1.格助詞類」、「2.副助詞類」、「3.接續助詞類」、「4.終助詞類」、「5.接尾語類」等區隔外，同一個助詞的多種用途，也是歸納的重點。在學習時，請務必注意在何種場合和狀況下，要運用哪一種助詞。

1. 格助詞類

　　在新日檢N5中，必須學習的「格助詞類」的助詞有「が」、「を」、「に」、「で」、「へ」、「と」「から和まで」、「や」、「の」，分別介紹如下：

01 が MP3-55

①疑問詞＋が的疑問句

　　放在疑問詞後面的「が」，除了當主詞使用外，同時也藉以強調詢問的主詞。

▶ どの人<ruby>人<rt>ひと</rt></ruby>が　あなたの　お姉<ruby>姉<rt>ねえ</rt></ruby>さんですか。

　哪一位是令姊呢？

②～が＋自動詞

　　「が」多與自動詞一起使用。

▶ 花<ruby>花<rt>はな</rt></ruby>が　咲<ruby>咲<rt>さ</rt></ruby>きました。

　花開了。

③～は～が～

　　此時的「が」用以表示第二主詞的助詞。

▶ 私<ruby>私<rt>わたし</rt></ruby>は　おなかが　すきました。

　我肚子餓了。

　　本句的第一主詞為「私<ruby>私<rt>わたし</rt></ruby>」（我），而所講述的內容「おなか」（肚子）則成為第二主詞。只要是身體上的任何部分，皆適用本句型，所以只要是身體的部位，其後的助詞一定是「が」。

④～が＋能力動詞（分<ruby>分<rt>わ</rt></ruby>かります、できます）

　　表示「能夠、會做什麼」的句型。這裡所指的能力動詞，常見的有「分<ruby>分<rt>わ</rt></ruby>かります」（懂、知道）、「できます」（會）等。

▶ 日本語が　分かります。

我懂日語。

▶ 料理が　できます。

我會煮菜。

⑤～が＋程度和感覺形容詞

▶ 林さんは　歌が　下手です。

林先生不擅於歌唱。

▶ 私は　お金が　ほしいです。

我想要錢。

　　常見的程度形容詞如「上手」（擅長）、「下手」（不擅長）、「好き」（喜歡）和「嫌い」（討厭）等，而感覺方面的形容詞則有「痛い」（痛）和「ほしい」（想要）等。

⑥～が＋存在動詞（います、あります）

　　表示「存在」的句型，「います」用於表示有生命、有感情的人或動物之存在，「あります」則用於非生命、無感情物品之存在。

▶ 木の　上に　鳥が　います。

樹上有鳥。

▶ かばんの　中に　本が　あります。

包包裡有書。

02　を MP3-56))）

①～を＋他動詞

　　相較於自動詞的助詞多為「が」，「を」則多伴隨他動詞使用，藉以表示他動詞的受詞。

▶ ご飯を　食べます。

　吃飯。

②表示「離開特定的範圍」

　　常見的配合動詞除了「出ます」（外出）、「降ります」（下車）之外，「やめます」（辭職）也屬此用法。

▶ 電車を　降ります。

　下車。

▶ 家を　出ます。

　離開家。

▶ 会社を　やめます。

　辭職。

③～を＋移動性自動詞

　　用此句型表示「經由～地點」。移動性自動詞有「散歩します」（散步）、「飛びます」（飛）、「歩きます」（走）和「通ります」（經過）等。

▶ 公園を　散歩します。

　在公園散步。

▶ 飛行機が　空を　飛んで　います。

飛機在天上飛著。

(03) に MP3-57

在介紹「に」的用法之前，請先牢記「に」限用於一般動詞的句子，也就是說絕對不會有「～にです。」的情形產生。

①時間＋に＋瞬間動詞

「に」表示動作發生的時間點，瞬間動詞有「起きます」（起床）、「寝ます」（睡覺）和「終わります」（結束）等。

▶ 六時に　起きます。

六點起床。

②含數字的時間＋に＋動作句

「に」表示動作發生的時間，須注意的是，諸如「今日」（今天）、「昨日の晩」（昨晚）、「あさっての朝」（後天早上）、「来月」（下個月）等，這類不含數字的時間語彙，其後不可以加「に」。至於「～曜日」（星期～），則是加或不加皆可。

▶ 二月十四日に　結婚します。

將於二月十四日結婚。

③表示授與、單方向互動的對象

若是「に」的後面，接續屬於「得到」性質的授與動詞，例如「もらいます」（得到）、「借ります」（借入）和「習います」（學習），則可與「から」互用。（參考格助詞「から」）

▶ 先生に　会います。

和老師見面。

▶ 母に　花を　あげます。

送花給家母。

④表示人或物，存在的場所

▶ ここに　本が　あります。

這裡有書。

▶ 池に　魚が　います。

池塘裡有魚。

⑤表示「進入特定的範圍」

　常用的動詞有「乗ります」（搭乘）、「入ります」（進入）。

▶ バスに　乗ります。

搭公車。

▶ 喫茶店に　入ります。

進入咖啡廳。

⑥名詞
　動詞ます形去ます ⎫ に＋移動動詞
　　　　　　　　　　　⎭

　表示去某地的「目的」。

▶ フランスへ　料理の　勉強に　行きます。

去法國學習料理。

▶ デパートへ　プレゼントを　買いに　行きます。

去百貨公司買禮物。

⑦ 名詞　　　　⎫
　　ナ形容詞　⎰ ＋に＋する／なる。（參考第四單元應用句型 P.191）

　　這個句型主要是表示「狀況的轉變」。差別在於「する」的場合，強調「使～變化了」，含有人為因素的關係。而「なる」雖也是表示變化，但單指狀況的改變。

▶ 家を　きれいに　しました。
　　將房子弄乾淨了。

▶ 春に　なりました。
　　變成春天了。

⑧ ナ形容詞＋に＋一般動詞（參考形容詞句型③ P.159）

　　「ナ形容詞」副詞化的方法，是要先加「に」之後，才可接動詞。

▶ 親切に　説明します。
　　親切地說明。

⑨ 期間＋に＋次數，表示頻率

▶ 週に　三回　日本語を　勉強します。
　　一個禮拜學習三次日語。

（04）　で　 MP3-58))

① 表示方法手段

▶ バスで　行きます。
　　搭公車去。

▶ はし<u>で</u>　ご飯^{はん}を　食^たべます。

用筷子吃飯。

②表示動作發生的場所
▶ 図書館^{としょかん}<u>で</u>　勉強^{べんきょう}します。

在圖書館唸書。

③表示材料
▶ 木^き<u>で</u>　いすを　作^{つく}ります。

用木頭做成椅子。

④表示數量的總合
▶ 全部^{ぜんぶ}<u>で</u>　五枚^{ごまい}です。

全部總共五張。

▶ 六^{むっ}つ<u>で</u>　六百円^{ろっぴゃくえん}です。

六個共六百日圓。

⑤表示期限
▶ この本^{ほん}は　一日^{いちにち}<u>で</u>　読^よみました。

這本書在一天內讀完了。

⑥表示原因
▶ 病気^{びょうき}<u>で</u>　会社^{かいしゃ}を　休^{やす}みました。

因為生病，所以沒去公司。

05 へ MP3-59

①地方＋へ＋移動動詞

多用於「方向、目的地」的提示，其後的移動動詞有「行きます」（去）、「来ます」（來）、「帰ります」（回去）等。

▶ 学校<u>へ</u> 行きます。

去學校。

06 と MP3-60

①名詞＋と＋名詞，表示「全部列舉」

▶ 休みは 土曜日<u>と</u> 日曜日です。

休假是星期六和星期日。

②表示「共同動作的對象」

▶ 家族<u>と</u> デパートへ 行きます。

和家人去百貨公司。

③～と 言う～

用此句型來「引述內容、導入名詞」。

▶「さようなら」は 中国語で 何<u>と</u> 言いますか。

「再見」用中文怎麼說？

▶「高島屋」<u>と</u> 言う デパートは 有名です。

叫「高島屋」的百貨公司很有名。

④〜と　思う / 考える

提示「想法或考慮的內容」，前面多為普通體。

▶ 明日　雪が　降ると　思います。

我想明天會下雪。

▶ 景気は　よく　なると　考えます。

我想景氣會變好。

07　から / まで　MP3-61))

①〜から / 〜まで

「から」和「まで」二者皆可接於時間和地方之後，「から」表示起始點，「まで」則是終止點。

▶ 銀行は　九時からです。

銀行從九點開始。

▶ 駅まで　歩いて　行きます。

走到車站為止。

②授與對象＋から＋得到屬性的授與動詞

（參考格助詞「に」的用法③ P.124）

用此句型表示「獲得的來源」。可與「に」互用。屬於「得到」屬性的授與動詞有「もらいます」（得到）、「借ります」（借入）和「習います」（學習）等。

▶ 父から　お金を　もらいました。（「から」可替換成「に」）

從家父那得到錢。

▶ 友達から 辞書を 借りました。（「から」可替換成「に」）

從朋友那借了字典。

▶ 先生から 日本語を 習います。（「から」可替換成「に」）

從老師那學習日語。

08 や MP3-62))

①名詞＋や＋名詞

用此句型表示「部分列舉」。

▶ かばんの 中に、本や ペンが あります。

包包裡有書和筆等。

09 の MP3-63))

①名詞＋の＋名詞

屬連接詞，用「の」連接二個名詞，相當於中文「的」。

▶ 日本語の 本です。

日語的書。

②表示「所有格」，其後所接的名詞經常被省略。

▶ それは 林さんの くつです。

那是林先生的鞋子。

▶ あのかさは 私のです。

那把傘是我的。

③イ形容詞
　ナ形容詞＋な ⎫⎬⎭＋の～

　　此處的「の」代替名詞使用。

▶ 大きいのは　いくらですか。

　大的那個多少錢呢？

▶ きれいなのを　買いました。

　　買了漂亮的那個。

④修飾句中，與「が」相通，可互相取代使用。

▶ 背の／が　高い　人が　来ました。

　身高高的人來了。

▶ 母の／が　作った料理を　食べました。

　吃了家母煮的料理。

2.副助詞類

　　在新日檢N5中，必須學習的「副助詞類」的助詞有「は」、「も」、「格助詞＋は」、「か」、「など」、「ぐらい」、「だけ」、「しか＋否定」，分別介紹如下：

01　は　MP3-64))

①作為第一主詞的助詞

　　「は」當作第一主詞的助詞時，須緊接於名詞主詞之後，提示該句的重點。主詞的內容範圍廣泛，談論的內容不論人、事、物皆可。

▶ 私<ruby>わたし</ruby>は　学生<ruby>がくせい</ruby>です。

我是學生。

▶ あの本<ruby>ほん</ruby>は　おもしろくないです。

那本書不有趣。

▶ 昨日<ruby>きのう</ruby>は　映画<ruby>えいが</ruby>を　見<ruby>み</ruby>ました。

昨天看了電影。

②名詞＋は

用來強調敘述的事物。

▶ タバコは　外<ruby>そと</ruby>で　吸<ruby>す</ruby>って　ください。

香菸請到外面抽。

③與「否定」連用

多數的句子中，通常只有一個「は」，不過遇到否定的時候，為了加以強調，會出現二個「は」的情形。

▶ 私<ruby>わたし</ruby>は　お酒<ruby>さけ</ruby>は　飲<ruby>の</ruby>みません。

我是不喝酒的。

④表現「對比」

▶ 林<ruby>りん</ruby>さんは　行<ruby>い</ruby>きますが、張<ruby>ちょう</ruby>さんは　行<ruby>い</ruby>きません。

林先生要去，可是張先生不去。

02　も　MP3-65))

①提示「同類事物」

▶ 本<ruby>ほん</ruby>も　ノートも　買<ruby>か</ruby>いました。

書也買了，筆記本也買了。

▶ 日本語を　勉強しました。そして、英語も　勉強しました。

唸了日語。然後，英語也唸了。

②疑問詞＋も＋否定（參考疑問詞句型③ P.149）

用此句型表示全盤否定。

▶ 教室に　誰も　いません。

教室裡沒有人。

---

03 **には / へは / とは
でも / からも** MP3-66))

①格助詞（に / へ / と）＋は

為「強調」的用法。

▶ つくえの　上には　新聞が　あります。

桌上有報紙。

▶ この電車は　学校へは　行きません。

這班電車不到學校。

▶ 林さんとは　話しましたが、張さんとは　話しませんでした。

和林先生說了，但沒有和張先生說。

②格助詞（で / から）＋も

「格助詞＋も」和「格助詞＋は」一樣，同為強調的用法。

▶ 家でも　学校でも　よく　勉強しましょう。

不管在家裡，不管在學校，都好好讀書吧！

▶ 外国からも　学生が　来ました。

從海外也來了學生。

04　か　MP3-67)))

①「二者擇其一」的表現方式

▶ コーヒーか　紅茶を　買って　ください。

請買咖啡或紅茶。

②疑問詞＋か～（參考疑問詞句型④ P.149）

表示不確定的某人、事、物和時間。

▶ 外に　誰か　いますか。

外面有誰在嗎？

③置於句尾表示「問句」

▶ あなたは　学生ですか。

你是學生嗎？

▶ お誕生日は　いつですか。

生日是何時呢？

05　など　MP3-68)))

①表示「部分列舉」

多以「～や～や～など」（～或～或～等等）的方式呈現，表示部分列舉。

▶ 好きな果物は　りんごや　みかんや　バナナなどです。

喜歡的水果是蘋果、橘子和香蕉等。

06　ぐらい

①數量詞＋ぐらい

　　表示「大約的數量」。

▶ 一時間<ruby>一<rt>いち</rt></ruby><ruby>時<rt>じ</rt></ruby><ruby>間<rt>かん</rt></ruby> <u>ぐらい</u>　<ruby>勉<rt>べん</rt></ruby><ruby>強<rt>きょう</rt></ruby>しました。

　　唸了一個小時左右的書。

07　だけ

①名詞＋だけ

　　表示「只有」，用於肯定句。

▶ <ruby>野<rt>や</rt></ruby><ruby>菜<rt>さい</rt></ruby><u>だけ</u>　<ruby>食<rt>た</rt></ruby>べました。

　　只吃了蔬菜。

08　しか

①しか＋否定

　　表示「只有」，限用於否定句。

▶ <ruby>百<rt>ひゃく</rt></ruby><ruby>円<rt>えん</rt></ruby><u>しか</u>　ありません。

　　只有一百日圓。

3. 接續助詞類 MP3-69))

　　在新日檢N5中，必須學習的「接續助詞類」的助詞只有「が」，
介紹如下：

135

01 が

①屬於逆接的接續詞

表示前後二句立場相反，意為「雖然～但是～」。

▶ あのレストランは　おいしいです<u>が</u>、高^{たか}いです。

那間餐廳很美味，可是很貴。

4.終助詞類 MP3-70))

在新日檢N5中，必須學習的「終助詞類」的助詞有「ね」、「よ」、「わ」，介紹如下：

01 ね

①希望取得對方的附和或確認

▶ 今日^{きょう}は　いい　天気^{てんき}です<u>ね</u>。

今天天氣很好呢！

02 よ

①用於告知對方新的情報

▶ その映画^{えいが}は　おもしろいです<u>よ</u>。

那部電影很有趣喔！

03 わ

①表示「吃驚或列舉的語氣」

女生使用則有委婉或撒嬌的口氣。

▶ 私も　いっしょに　行きますわ。（列舉）

我也要一起去。

▶ ちょっと　困りますわ。（撒嬌）

有點傷腦筋耶。

5. 接尾語類 MP3-71))

在新日檢N5中，必須學習的「接尾語類」有「中 / 中」、「たち /
がた」、「ごろ」，介紹如下：

01 中 / 中

①名詞＋中

表示在「～之中」。

▶ 台湾は　一年中　おいしい　果物が　あります。

在台灣一年之中，都有好吃的水果。

②名詞＋中

表示「正在～」。

▶ 林さんは　ただいま　電話中です。

林先生現在正在電話中。

02 たち / がた

①稱謂＋たち / がた

表示「～們」。「がた」是「たち」的敬語表現。

▶ あの人<ruby>人<rt>ひと</rt></ruby>たちは　みんな　先生<rt>せんせい</rt>です。

那些人們全是老師。

▶ あなたがたは　何<rt>なに</rt>を　見学<rt>けんがく</rt>しましたか。

您們參觀了什麼呢？

03 ごろ

①時間＋ごろ

表示大約的時間。

▶ 今日<rt>きょう</rt>　七時<rt>しちじ</rt>ごろ　家<rt>うち</rt>へ　帰<rt>かえ</rt>ります。

今天七點左右回家。

② 指示語 MP3-72))

　　「指示語」又被稱為「こ、そ、あ、ど」系統，因為這四個字巧妙地表達出說話者、聽話者以及話題內容三方的遠近關係。指示語除了表示「事物」和「地方」的代名詞外，還包含了連體詞，以下列表格做系統性的整理。

	こ（這～）	そ（那～）	あ（較遠或看不見的那～）	ど（哪～）（參考疑問詞 P.144）
代名詞	これ	それ	あれ	どれ
連體詞1	この＋名詞	その＋名詞	あの＋名詞	どの＋名詞
連體詞2	こんな＋名詞	そんな＋名詞	あんな＋名詞	どんな＋名詞
場所	ここ	そこ	あそこ	どこ
方向（敬語）	こちら	そちら	あちら	どちら
方向（口語）	こっち	そっち	あっち	どっち

1. これ、それ、あれ、どれ
この、その、あの、どの
こんな、そんな、あんな、どんな

「これ、それ、あれ、どれ」、「この、その、あの、どの」以及「こんな、そんな、あんな、どんな」三組字都是講述物品或事情。

其中「これ、それ、あれ、どれ」意為「這個、那個、那個、哪個」，而另外二組連體詞雖然都須連接名詞使用，但意思上略有不同。「この、その、あの、どの」是「這、那、那、哪」；而「こんな、そんな、あんな、どんな」則是「這樣的、那樣的、那樣的、哪樣的」。

▶これは　本です。
這是書。

▶そのノートは　先生のです。
那筆記本是老師的。

▶あんな人は　きらいです。
討厭那樣的人。

2. ここ、そこ、あそこ、どこ
こちら、そちら、あちら、どちら
こっち、そっち、あっち、どっち

這三組字主要與地方有關，「ここ、そこ、あそこ、どこ」是「這裡、那裡、那裡、哪裡」。「こちら、そちら、あちら、どち

ら」是「這邊、那邊、那邊、哪邊」。「こっち、そっち、あっち、どっち」則是較口語的使用方式，「這、那、那、哪」。

　　「こちら、そちら、あちら、どちら」是「ここ、そこ、あそこ、どこ」的敬語表現，所以使用上可以互換，但有時「こちら、そちら、あちら、どちら」也可當人的代名詞，意思為「這位、那位、那位、哪位」，這時就無法與「ここ、そこ、あそこ、どこ」這組字互換。而「こっち、そっち、あっち、どっち」則是相當口語的用字，同為表「地方」或「方向」。

▶ <ruby>会議室<rt>かい ぎ しつ</rt></ruby>は　ここです。

　會議室是這裡。

▶ そちらは　<ruby>図書館<rt>と しょかん</rt></ruby>です。

　那邊是圖書館。

▶ あっちは　<ruby>銀行<rt>ぎんこう</rt></ruby>です。

　那邊是銀行。

▶ こちらは　<ruby>林<rt>りん</rt></ruby>さんです。

　這位是林先生。（不可換成「ここ」）

③ 疑問詞

　　疑問詞在問句中是不可或缺的靈魂人物，日語的疑問詞可分為二大類，一類是「單字的疑問詞」，另一類則是由「何＋單位詞」構成的「單位疑問詞」。

1. 單字的疑問詞 MP3-73))

疑問詞	說明
何 / 何 什麼	「何」這個日語，除了在單位疑問詞和接續「た、だ、な」行字時發音為「なん」，其餘的場合接發音為「なに」。 ▶ 何ですか。（接續だ行字時，發音為なん） 　什麼事情呢？ ▶ 何の　本ですか。（接續な行字時，發音為なん） 　什麼書呢？ ▶ 何と　言いますか。（接續た行字時，發音為なん） 　怎麼說呢？ ▶ 今朝　何を　食べましたか。 　今天早上吃了什麼呢？
誰 誰 どなた	「どなた」是「誰」的客氣用法。 ▶ 誰が　来ましたか。 　誰來了呢？

哪位	▶ あのかたは　どなたですか。 那位是哪位呢？
いつ 何時	「いつ」是時間的疑問詞，和其他時間相關的疑問詞最大的差異，是其後不需加助詞「に」。 ▶ 林^{りん}さんは　いつ　日本^{にほん}へ　来^きましたか。 林先生何時來日本的呢？ ▶ 林^{りん}さんは　何日^{なんにち}に　日本^{にほん}へ　来^きましたか。 林先生幾號來日本的呢？
いくつ 幾個	▶ みかんは　いくつ　ありますか。 橘子有幾個呢？
おいくつ 貴庚	「おいくつ」是「何歳^{なんさい}」的客氣用法。 ▶ ミカちゃんは　おいくつですか。 美香小妹妹幾歲呢？
いくら 多少錢	▶ このりんごは　一^{ひと}つ　いくらですか。 這蘋果一個多少錢呢？
どう 怎樣 いかが 如何	「いかが」是「どう」的敬語體，多用於到家裡或公司拜訪的客人身上。 ▶ 日本^{にほん}の　生活^{せいかつ}は　どうですか。 日本的生活怎樣呢？ ▶ コーヒーを　もう　一杯^{いっぱい}　いかがですか。 再一杯咖啡如何呢？

どれ 哪一個	「どれ」用於三個選項以上。 ▶ あなたの　くつは　どれですか。 你的鞋子是哪雙呢？
どの＋名詞 哪一個〜	「どの」也是用於複數選項時，並且其後一定要接名詞使用。 ▶ どのパソコンが　いいですか。 哪台電腦好呢？
どんな＋名詞 什麼樣的〜	「どんな」其後一定要接名詞使用，表示「什麼樣的〜」。 ▶ 東京は　どんなところですか。 東京是什麼樣的地方呢？
どこ どちら どっち 哪邊、哪裡	「どちら」是「どこ」的敬語體，「どっち」則是「どちら」的口語形式。當主語是地方或方向時，「どちら」和「どこ」可以互用，但若涉及對方個人情報時，則須使用「どちら」。 ▶ 駅は　どこ / どちら / どっち　ですか。 車站在哪裡呢？ ▶ お国（お家、学校、会社）は　どちらですか。 您的國家（府上、學校、公司）是哪邊呢？ （此類主語皆屬個人情報）

どのくらい どのぐらい どれぐらい 多少、多久	「どのくらい」、「どのぐらい」和「どれぐらい」都是指花費多少時間、數量的意思。 ▶ 家^{うち}から　学校^{がっこう}まで　<u>どのぐらい</u>　かかりますか。 　從家裡到學校要花多久時間呢？ ▶ 毎日^{まいにち}　<u>どれぐらい</u>　勉強^{べんきょう}しますか。 　每天唸多久書呢？
なぜ 為何 どうして 為什麼	「なぜ」和「どうして」都是問人家理由、原因的疑問詞，一般會話、口語上，較常使用「どうして」。 ▶ あなたは　<u>なぜ</u>　学校^{がっこう}を　休^{やす}みましたか。 　你為何沒去學校呢？ ▶ 昨日^{きのう}　<u>どうして</u>　早^{はや}く　帰^{かえ}りましたか。 　昨天為什麼提早回去了呢？

2. 單位疑問詞 MP3-74 🔊

疑問詞	回答
何月^{なんがつ} 幾月	一月^{いちがつ}、　二月^{にがつ}、　三月^{さんがつ}、　四月^{しがつ}、　五月^{ごがつ}、　六月^{ろくがつ}、 七月^{しちがつ}、　八月^{はちがつ}、　九月^{くがつ}、　十月^{じゅうがつ}、　十一月^{じゅういちがつ}、　十二月^{じゅうにがつ}
何日^{なんにち} 幾日	一日^{ついたち}、二日^{ふつか}、三日^{みっか}、四日^{よっか}、五日^{いつか}、六日^{むいか}、七日^{なのか}、 八日^{ようか}、九日^{ここのか}、十日^{とおか}、十四日^{じゅうよっか}、十九日^{じゅうくにち}、

	はつか　　　　　　　にじゅうよっか　　　　にじゅうくにち 二十日、二十四日、二十九日 ※ 其餘的日期發音為「～日」，例如：三十日、 さんじゅういちにち 三十一日
なんじ **何時** 幾點	いちじ　　　にじ　　　さんじ　　　よじ　　　ごじ　　　ろくじ 一時、二時、三時、四時、五時、六時、 しちじ　　　はちじ　　　くじ　　　じゅうじ　　じゅういちじ　じゅうにじ 七時、八時、九時、十時、十一時、十二時
なんぷん **何分** 幾分	いっぷん　　にふん　　さんぷん　　よんぷん　　ごふん 一分、二分、三分、四分、五分、 ろっぷん　　しちふん　　ななふん　　はっぷん　　きゅうふん 六分、七分（七分）、八分、九分、 じゅっぷん　　じっぷん　　じゅうごふん　　さんじゅっぷん　さんじっぷん 十分（十分）、十五分、三十分（三十分）
なんようび **何曜日** 星期幾	にちようび　　　　　　　　　げつようび 日曜日（星期日）、 月曜日（星期一）、 かようび　　　　　　　　　すいようび 火曜日（星期二）、水曜日（星期三）、 もくようび　　　　　　　　　きんようび 木曜日（星期四）、金曜日（星期五）、 どようび 土曜日（星期六）
なんさい **何歳** 幾歲	いっさい　　にさい　　さんさい　　よんさい　　ごさい 一歳、二歳、三歳、四歳、五歳、 ろくさい　　ななさい　　はっさい　　きゅうさい　じゅっさい　　じっさい 六歳、七歳、八歳、九歳、十歳（十歳）
なんぼん **何本** （尖而長的東西 的）幾瓶、幾枝	いっぽん　　にほん　　さんぼん　　よんほん　　ごほん 一本、二本、三本、四本、五本、 ろっぽん　　ななほん　　はっぽん　　きゅうほん　じゅっぽん　　じっぽん 六本、七本、八本、九本、十本（十本）
なんかい **何回** 幾回、幾次	いっかい　　にかい　　さんかい　　よんかい　　ごかい 一回、二回、三回、四回、五回、 ろっかい　　ななかい　　はっかい　　きゅうかい　じゅっかい　　じっかい 六回、七回、八回、九回、十回（十回）

何階 なんがい 幾樓	いっかい 一階、	にかい 二階、	さんがい 三階、	よんかい 四階、	ごかい 五階、
	ろっかい 六階、	ななかい 七階、	はっかい 八階、	きゅうかい 九階、	じゅっかい じっかい 十階（十階）
何個 なんこ 幾個	いっこ 一個、	にこ 二個、	さんこ 三個、	よんこ 四個、	ごこ 五個、
	ろっこ 六個、	ななこ 七個、	はっこ 八個、	きゅうこ 九個、	じゅっこ じっこ 十個（十個）
何冊 なんさつ （書和筆記本 的）幾冊	いっさつ 一冊、	にさつ 二冊、	さんさつ 三冊、	よんさつ 四冊、	ごさつ 五冊、
	ろくさつ 六冊、	ななさつ 七冊、	はっさつ 八冊、	きゅうさつ 九冊、	じゅっさつ じっさつ 十冊（十冊）
何足 なんぞく （鞋子或襪子 的）幾雙	いっそく 一足、	にそく 二足、	さんぞく 三足、	よんそく 四足、	ごそく 五足、
	ろくそく 六足、	ななそく 七足、	はっそく 八足、	きゅうそく 九足、	じゅっそく じっそく 十足（十足）
何台 なんだい （機器和車輛 的）幾台	いちだい 一台、	にだい 二台、	さんだい 三台、	よんだい 四台、	ごだい 五台、
	ろくだい 六台、	ななだい 七台、	はちだい 八台、	きゅうだい 九台、	じゅうだい 十台
何着 なんちゃく （大衣或洋裝 的）幾套	いっちゃく 一着、	にちゃく 二着、	さんちゃく 三着、	よんちゃく 四着、	ごちゃく 五着、
	ろくちゃく 六着、	ななちゃく 七着、	はっちゃく 八着、	きゅうちゃく 九着、	じゅっちゃく じっちゃく 十着（十着）
何度 なんど 幾次	いちど 一度、	にど 二度、	さんど 三度、	よんど 四度、	ごど 五度、
	ろくど 六度、	ななど 七度、	はちど 八度、	きゅうど 九度、	じゅうど 十度
何人 なんにん 幾個人	ひとり 一人、	ふたり 二人、	さんにん 三人、	よにん 四人、	ごにん 五人、
	ろくにん 六人、	ななにん 七人（七人）、	しちにん	はちにん 八人、	きゅうにん じゅうにん 九人、 十人

何杯 なんばい 幾杯、幾碗	一杯、 いっぱい 二杯、 に はい 三杯、 さんばい 四杯、 よんはい 五杯、 ご はい 六杯、 ろっぱい 七杯、 ななはい 八杯、 はっぱい 九杯、 きゅうはい 十杯（十杯） じゅっぱい じっぱい
何番 なんばん 幾號	一番、 いちばん 二番、 に ばん 三番、 さんばん 四番、 よんばん 五番、 ご ばん 六番、 ろくばん 七番、 ななばん 八番、 はちばん 九番、 きゅうばん 十番 じゅうばん
何匹 なんびき （小動物、魚 和昆蟲的）幾 隻、幾尾	一匹、 いっぴき 二匹、 に ひき 三匹、 さんびき 四匹、 よんひき 五匹、 ご ひき 六匹、 ろっぴき 七匹、 ななひき 八匹、 はっぴき 九匹、 きゅうひき 十匹（十匹） じゅっぴき じっぴき
何枚 なんまい （薄或扁平的東 西的）幾張、 幾件、幾片	一枚、 いちまい 二枚、 に まい 三枚、 さんまい 四枚、 よんまい 五枚、 ご まい 六枚、 ろくまい 七枚、 ななまい 八枚、 はちまい 九枚、 きゅうまい 十枚 じゅうまい

3. 重點文法 MP3-75))

①～は＋疑問詞～か

含有疑問詞的問句。

▶ それ は 　何 です か。
　　　　 なん

那是什麼呢？

▶ 先生 は 　どこに 　います か。
　せんせい

老師在哪裡呢？

②疑問詞＋が～（參考格助詞「が」的用法① P.121）

　　放在疑問詞後面的「が」，除了當主詞使用外，同時也藉以強調詢問的主詞。

▶ はこの　中_{なか}に　何_{なに}が　ありますか。

　　箱子裡有什麼呢？

▶ どれが　あなたの　かばんですか。

　　哪一個是你的包包呢？

　　疑問詞相關的句型，除了基本的疑問句以外，還可以配合助詞「も」和「か」，表現特定的意思。例如：

③疑問詞＋も～（參考副助詞「も」的用法② P.133）

　　表全盤否定。

▶ 明日_{あした}　どこも　行_いきません。

　　明天哪都不去。

▶ 今日_{きょう}　何_{なに}も　食_たべませんでした。

　　今天什麼都沒吃。

④疑問詞＋か～（參考副助詞「か」的用法② P.134）

　　表示不確定的某人、時、地或物。

▶ いつか　アメリカへ　遊_{あそ}びに　行_いきたいです。

　　總有一天，想去美國玩。

▶ 誰_{だれ}か　食_たべませんか。

　　有誰要吃嗎？

4 名詞

　　名詞句型不論是敬語體（禮貌體）或是普通體（常體），皆有時態的變化。若配合肯定和否定，則總共可以衍變出四種語態。在學習名詞句型時，必須先熟記敬語體和普通體的四種語態，然後再學習重點文法。說明如下：

1. 敬語體

	敬語體（用於一般交情或年紀、位階高者）	
	現在式	過去式
肯定	～です	～でした
否定	～では　ありません ～じゃ　ありません	～では　ありませんでした ～じゃ　ありませんでした

※「じゃありません」是「ではありません」的口語表現。

2. 普通體

	普通體（用於熟人或年紀、位階低者）	
	現在式	過去式
肯定	～だ	～だった
否定	～では　ない ～じゃ　ない	～では　なかった ～じゃ　なかった

※「じゃない」是「ではない」的口語表現。

3. 重點文法 MP3-76))

　　名詞句型主要用於人、事、物的論述。重點文法如下：

①～は～です。（敬語體）/ ～は～だ。（普通體）

　　中文解釋為「～是～」。

▶ 私は　学生です。/　私は　学生だ。

　　我是學生。

▶ 私は　日本人では　ありません。/

　　私は　日本人では　ない。

　　我不是日本人。

▶ 昨日は　雨でした。/　昨日は　雨だった。

　　昨天是雨天。

▶ 昨日は　休みでは　ありませんでした。/

　　昨日は　休みでは　なかった。

　　昨天不是休假日。

②名詞句子＋で＋名詞句子

　名詞＋で＋形容詞～

　　用「で」加上標點符號「、」，即可串連二個名詞句子，同樣
地，名詞要連接形容詞也是用「で」。

▶ これは　野菜で、それは　果物です。

這是蔬菜，而那是水果。（用「で」來連接「これは野菜です。」和「それは果物です。」二個名詞句子。）

▶ リナさんは　十八歳で　元気です。

里奈小姐十八歲而且很有朝氣。

③修飾句＋名詞

在名詞之前加修飾句，也就是普通體的完整句子，藉以更具體描述該名詞。

▶ あれは　大学へ　行くバスです。

那是開往大學的巴士。（「大学へ行く」即為修飾句）

▶ めがねを　かけて　いる人は　兄です。

戴著眼鏡的人是家兄。（「めがねをかけている」即為修飾句）

5 形容詞

　　日語的形容詞可分為二大類，分別為「イ形容詞」與「ナ形容詞」（又稱為「形容動詞」）。

　　由於「イ形容詞」與「ナ形容詞」各有所屬的規則與用法，其差異性往往成為考題的設計重點，所以不僅要能清楚分類外，用法也得徹底了解。

　　以下分別說明「イ形容詞」與「ナ形容詞」的時態，並於最後詳列二種形容詞的重點文法。只要依序學習，必可對形容詞有通盤的了解。

1. イ形容詞 MP3-77))

　　形容詞句型不管是「イ形容詞」或「ナ形容詞」，架構皆與名詞句型相同，皆為「～は～です」。不過當「イ形容詞」涉及過去、否定狀態，或是普通體時，則另有一套規則。

01 敬語體

	敬語體（用於一般交情或年紀、位階高者）	
	現在式	過去式
肯定	～いです ▶ おいしいです。 　美味的。	去い＋かったです ▶ おいしかったです。 　過去是美味的。

否定	①去い＋くないです ▶ おいしくないです。 ②去い＋くありません ▶ おいしくありません。 不美味的。	①去い＋くなかったです ▶ おいしくなかったです。 ②去い＋くありません でした ▶ おいしくありません でした。 過去是不美味的。

　　如表格所示，由於「イ形容詞」本身負責了時態以及肯定、否定的變化，所以「イ形容詞」敬語體的肯定表現皆為「～です。」。而敬語體的否定狀態，則有二種變化方式，不過以「去い＋くないです。」和「去い＋くなかったです。」為較常見的方式。

▶ この映画は　おもしろいです。
　這電影很有趣。

▶ 寮は　広くないです。／ 寮は　広くありません。
　宿舍不寬廣。

▶ 昨日は　暑かったです。
　昨天很熱。

▶ 昨日は　寒くなかったです。／ 昨日は　寒くありませんでした。
　昨天不冷。

02 普通體

	普通體（用於熟人或年紀、位階低者）	
	現在式	過去式
肯定	～い ▶ いい / よい。 　好的。	去い＋かった ▶ よかった。 　過去是好的。
否定	去い＋くない ▶ よくない。 　不好的。	去い＋くなかった ▶ よくなかった。 　過去是不好的。

▶ この映画は　おもしろい。

　這電影很有趣。

▶ 寮は　広くない。

　宿舍不寬廣。

▶ 昨日は　暑かった。

　昨天很熱。

▶ 昨日は　寒くなかった。

　昨天不冷。

2. ナ形容詞 MP3-78))

「ナ形容詞」又稱為「形容動詞」。欲判斷哪些字是「ナ形容

詞」之規則為：只要結尾不是「い」的形容詞，皆屬「ナ形容詞」。
但是「きれい」、「きらい」和「有名」雖然結尾是「い」，仍屬於
「ナ形容詞」的範圍。

　　另外，因為「ナ形容詞」字彙本身並無變化，所以其用法，不論
敬語體或普通體，皆與名詞相同。

01 敬語體

	敬語體（用於一般交情或年紀、位階高者）	
	現在式	過去式
肯定	〜です ▶ きれいです。 　美麗。	〜でした ▶ きれいでした。 　過去美麗。
否定	①〜では　ありません ▶ きれいでは　ありません。	①〜では　ありません 　でした ▶ きれいでは 　ありませんでした。
	②〜じゃ　ありません ▶ きれいじゃ　ありません。 　不美麗。	②〜じゃ　ありません 　でした ▶ きれいじゃ 　ありませんでした。 　過去不美麗。

※「じゃありません」是「ではありません」的口語表現。

02 普通體

普通體（用於熟人或年紀、位階低者）		
	現在式	過去式
肯定	～だ ▶ きれいだ。 　美麗。	～だった ▶ きれいだった。 　過去美麗。
否定	①～では　ない ▶ きれいでは　ない。 ②～じゃ　ない ▶ きれいじゃ　ない。 　不美麗。	①～では　なかった ▶ きれいでは　なかった。 ②～じゃ　なかった ▶ きれいじゃ　なかった。 　過去不美麗。

※「じゃない」是「ではない」的口語表現。

▶ いなかは　静か_{しず}です。／ いなかは　静か_{しず}だ。

　郷下很安靜。

▶ 私_{わたし}は　歌_{うた}が　上手_{じょうず}では　ありません 。／
　私_{わたし}は　歌_{うた}が　上手_{じょうず}では　ない。

　我不擅長唱歌。

▶ その公園_{こうえん}は　きれいでした。／ その公園_{こうえん}は　きれいだった。

　那公園以前很乾淨。（意指公園現在不乾淨）

▶ あの人_{ひと}は　有名_{ゆうめい}では　ありませんでした。／
　あの人_{ひと}は　有名_{ゆうめい}じゃ　なかった。

　那個人以前不有名。（意指那個人現在出名了）

3. 重點文法 MP3-79)))

　　「イ形容詞」和「ナ形容詞」除了上述基本的語態變化外，隨著之後所承接的詞性不同，也有不同的規則。說明如下：

① イ形容詞
　ナ形容詞＋な ｝＋名詞～

　　形容詞修飾名詞時，「イ形容詞」的後面，可直接加名詞；而「ナ形容詞」則須先加上「な」，方可連接名詞。

▶ <ruby>古<rt>ふる</rt></ruby>い　<ruby>車<rt>くるま</rt></ruby>です。

　　舊的車子。

▶ きれいな　トイレです。

　　乾淨的廁所。

② イ形容詞去い＋くて
　ナ形容詞＋で ｝＋形容詞～

　　當使用複數的形容詞時，連接方式以第一個形容詞為基準，後面所連結的形容詞無須在意類別。若「イ形容詞」在前，則是「去い＋くて」，然後接上後續的形容詞；而「ナ形容詞」則和名詞連接形容詞的方法相同，都是以「で」來承接。

▶ この<ruby>部<rt>へ</rt></ruby><ruby>屋<rt>や</rt></ruby>は　<ruby>広<rt>ひろ</rt></ruby>くて、<ruby>明<rt>あか</rt></ruby>るいです。（イ形容詞＋イ形容詞）

　　這房間既寬敞又明亮。

▶ この<ruby>部<rt>へ</rt></ruby><ruby>屋<rt>や</rt></ruby>は　<ruby>広<rt>ひろ</rt></ruby>くて、<ruby>静<rt>しず</rt></ruby>かです。（イ形容詞＋ナ形容詞）

　　這房間既寬敞又安靜。

▶ この部屋は　立派で、大きいです。（ナ形容詞＋イ形容詞）

這房間既豪華又大。

▶ この部屋は　きれいで、便利です。（ナ形容詞＋ナ形容詞）

這房間既漂亮又方便。

③イ形容詞去い＋く ⎫
　ナ形容詞＋に　　⎬ ＋一般動詞～
　　　　　　　　　⎭

　　形容詞無法直接修飾動詞，需要先改成副詞，方可承接動詞。所以「イ形容詞」只要「去い＋く」即成為副詞，其後便可使用動詞；而「ナ形容詞」則須藉由格助詞「に」的輔助，才可與動詞連用。

▶ 毎日　朝　早く　起きます。

每天早上早起。

▶ 弟は　字を　上手に　書きます。

舍弟很擅於寫字。

⑥ 副詞

　　副詞一般用來修飾形容詞或是動詞，藉以表現程度、頻率……等。以下就副詞的特性，將副詞分為「程度表現」、「數量表現」、「頻率表現」、「強調形容」、「時間表現」一一做詳細的說明，並於最後詳列重點文法，讓讀者可以用最短的時間了解副詞。

1.副詞表現 MP3-80))

01 程度表現

副詞	中文意思	例句
よく	非常	▶ この問題は　よく　分かりました。 這問題非常了解了。
だいたい	大致上	▶ 話は　だいたい　分かりました。 所說的話大致了解了。
すこし	一點點	▶ 日本語が　すこし　できます。 會一點點日語。
あまり （＋否定）	不太〜	▶ ピアノが　あまり　できません。 不太會彈鋼琴。
ぜんぜん （＋否定）	完全不〜	▶ 料理が　ぜんぜん　できません。 完全不會煮菜。

02 數量表現

副詞	中文意思	例句
たくさん	很多	▶ 教室に 学生が たくさん います。 教室有很多學生。
すこし	一些	▶ お金が すこし あります。 有一些錢。
あまり （＋否定）	不太～	▶ 水は あまり 飲みません。 不太喝水。
ぜんぜん （＋否定）	完全沒有	▶ 昨日 ぜんぜん 勉強しませんでした。 昨天完全沒唸書。

03 頻率表現

副詞	中文意思	例句
いつも	經常、 總是	▶ いつも 歩いて 帰ります。 總是走回家。
ときどき	有時候、 偶爾	▶ ときどき 友だちに 会います。 偶爾和朋友見面。
あまり （＋否定）	不常	▶ テレビは あまり 見ません。 不常看電視。

ぜんぜん （＋否定）	完全不〜	▶ ぜんぜん　料理しません。 完全不下廚。

04 強調表現

副詞	中文意思	例句
とても	很〜、 非常〜	▶ あの家は　とても　古いです。 那個家很有歷史。
たいへん	很〜、 非常〜	▶ 今日は　たいへん　疲れました。 今天非常累。
あまり （＋否定）	不太〜	▶ こどもは　野菜が　あまり　好きでは ありません。 小孩子不太喜歡蔬菜。

05 時間表現

副詞	中文意思	例句
そろそろ	差不多該〜	▶ そろそろ　失礼しましょう。 差不多該告辭了。
はじめて	第一次〜	▶ はじめて　すしを　食べました。 第一次吃了壽司。

はやく	快點～、 早點～	▶ <ruby>遅<rt>おく</rt></ruby>れましたから、<u>はやく</u> <ruby>行<rt>い</rt></ruby>きましょう。 因為遲了，快點走吧。 ▶ <ruby>用事<rt>よう じ</rt></ruby>が　ありますから、<u>はやく</u> <ruby>帰<rt>かえ</rt></ruby>りたいです。 因為有事情，想早點回家。

2. 重點文法 MP3-81))

　　副詞雖無特別的句型，但某幾個副詞因搭配固定語態，例如肯定或否定，所以有時可視為答題的關鍵字。

①**あまり**
　ぜんぜん ｝**＋否定**

　　表示「不太～、完全不～」。

▶ あの<ruby>本<rt>ほん</rt></ruby>は　<u>あまり</u>　おもしろくないです。
　那本書不太有趣。

▶ <ruby>日本語<rt>に ほん ご</rt></ruby>が　<u>ぜんぜん</u>　できません。
　完全不會日語。

②もう＋ {　肯定
　　　　　 否定

　　　表示「已經〜了」。

▶ 仕事（しごと）は　もう　終（お）わりました。

　　工作已經結束了。

▶ もう　お金（かね）が　ありません。

　　已經沒錢了。

③まだ＋ {　肯定
　　　　　 否定

　　　表示「還有〜、尚未〜」。

▶ まだ　時間（じかん）が　あります。

　　還有時間。

▶ クラスメートは　まだ　学校（がっこう）へ　来（き）ません。

　　同學尚未來學校。

7 動詞

　　動詞在日語中，佔有不可或缺的重要性。由於動詞的變化較其他詞性繁複，除了敬語體基本的語態外，普通體也有相對的變化，而這些變化都有相關之延伸句型，因此熟記所有動詞的變化，將成為得分的關鍵之一。

　　以下，我們先學習動詞的「1.敬語體」，接著再學習「2.普通體」，並了解「3.動詞的分類」，最後便能輕而易舉地熟悉「4.動詞各形態的變化與重點文法」。

1. 敬語體 MP3-82)))

　　敬語體動詞的結構皆為「～ます」，「ます」之前的部分，我們可視為本動詞的主幹，在敬語體的場合，不論動詞做了什麼樣的變化，主幹永遠都不受影響。而「ます」這個部分，則是動詞表達語態的部分，不管現在式、過去式，或是肯定、否定，完全依靠字尾「ます」的變化。因此日語的動詞，即使不了解該字的意思，變化依舊可以進行，因為只是替換「ます」這個字尾而已。

	敬語體（用於一般交情或年紀、位階高者）	
	現在式	**過去式**
肯定	～ます ▶行きます。 去。	～ました ▶行きました。 去了。

否定	〜ません ▶行きません。 　沒去。	〜ませんでした ▶行きませんでした。 　之前沒去。

▶私は　毎日　音楽を　聞きます。

我每天聽音樂。

▶昨日　音楽を　聞きました。

昨天聽了音樂。

▶私は　テレビを　見ません。

我不看電視。

▶昨日　テレビを　見ませんでした。

昨天沒看電視。

2.普通體

相對於敬語體，動詞的普通體變化各有其專屬形別，對照如下：

	敬語體	普通體	形態
現在肯定	〜ます	—	辭書形
過去肯定	〜ました	〜た	た形
現在否定	〜ません	〜ない	ない形
過去否定	〜ませんでした	〜ない形去い＋かった	なかった形

▶ 私は　毎日　音楽を　聞く。

我每天聽音樂。

▶ 昨日　音楽を　聞いた。

昨天聽了音樂。

▶ 私は　テレビを　見ない。

我不看電視。

▶ 昨日　テレビを　見なかった。

昨天沒看電視。

3. 動詞的分類

　　要學習動詞，除了「敬語體」和「普通體」的「現在肯定、過去肯定、現在否定、過去否定」四種語態之外，由於動詞還有各種變化，所以必須對動詞做更進一步的了解。而首先，必須知道動詞的分類。

　　日語動詞依照發音可分為三大類，每一類各有專屬的變化規則。所以想要正確做出動詞變化，必須將動詞正確地分類。

　　動詞的分類如下：

	規則	範例
I 第一類 動詞	動詞主幹最後一個音，含有母音[i]者，皆屬第一類動詞。 （有極少數例外，屬第二類動詞）	▶ 買います [i]　　買 ▶ 待ちます [chi]　等待 ▶ 分かります [ri]　了解

	除了少數母音含[i]的例外，只要是動詞主幹最後一個音，含母音[e]者，皆屬第二類動詞。	▶ 寝<ruby>ね</ruby>ます[ne]	睡覺
		▶ 食<ruby>た</ruby>べます[be]	吃
		▶ 教<ruby>おし</ruby>えます[e]	教
II 第二類 動詞	母音含[i]的例外，由於為數不多，較易成為考題。	▶ います	（有生命的）在、有
		▶ 着<ruby>き</ruby>ます	穿
		▶ 見<ruby>み</ruby>ます	看
		▶ 浴<ruby>あ</ruby>びます	沖澡
		▶ 起<ruby>お</ruby>きます	起床
		▶ 降<ruby>お</ruby>ります	下車
		▶ 借<ruby>か</ruby>ります	借入
		▶ できます	能夠、會
III 第三類 動詞	以「漢語名詞＋します」的動詞為主，「外來語＋します」也包含在此。另外，「します」和「来<ruby>き</ruby>ます」也歸屬第三類動詞。	▶ 勉強<ruby>べんきょう</ruby>します	學習
		▶ 買<ruby>か</ruby>い物<ruby>もの</ruby>します	買東西
		▶ します	做
		▶ 来<ruby>き</ruby>ます	來

4.動詞各形態的變化與重點文法

　　確認過動詞的類別之後，以下將依序介紹「て形」、「辭書形」、「た形」和「ない形」的變化規則。

⑴ て形變化方式與基本句型 MP3-83))

　　「て形」可以稱做是動詞的連接形，因為每個句子裡面都只能有一個動詞，所以涉及複數動詞同時存在時，就必須將前面的幾個動詞改成「て形」，只保留最後的動詞。此外，藉由「て形」也可以表現動作正在進行，或是動作與動作之間的順序、時間關係。由於「て形」屬連接性質，因此可同時用於敬語體或普通體，無須在意時態。

「て形」的變化方式如下：

	變化規則	範例
｜ 第一類 動詞 根據動詞 主幹最後 一個音， 可分成四 組：	①い 　ち　分別去 　り　「い、ち、り」， 　　　加上「って」。	▶ 買います → 買って 買 ▶ 待ちます → 待って 等 ▶ 帰ります → 帰って 回家
	②き 　ぎ　分別去「き、ぎ」 　　　加上「いて」， 　　　或「いで」。 （清音對清音，濁音對濁音）	▶ 書きます → 書いて 寫、畫 ▶ 急ぎます → 急いで 快一點
	③み 　に　分別去「み、 　び　に、び」， 　　　加上「んで」。	▶ 読みます → 読んで 閱讀 ▶ 死にます → 死んで 死

		▶ <ruby>遊<rt>あそ</rt></ruby>びます → <ruby>遊<rt>あそ</rt></ruby>んで 遊玩
	④し → 保留「し」，再加 上「て」。	▶ <ruby>話<rt>はな</rt></ruby>します → <ruby>話<rt>はな</rt></ruby>して 說
II 第二類 動詞	直接去「ます」，加「て」。	▶ <ruby>食<rt>た</rt></ruby>べます → <ruby>食<rt>た</rt></ruby>べて 吃
		▶ <ruby>教<rt>おし</rt></ruby>えます → <ruby>教<rt>おし</rt></ruby>えて 教
		▶ <ruby>見<rt>み</rt></ruby>ます → <ruby>見<rt>み</rt></ruby>て 看
		▶ できます → できて 能夠
III 第三類 動詞	「します」直接換成「して」 「<ruby>来<rt>き</rt></ruby>ます」則是直接換成 「<ruby>来<rt>き</rt></ruby>て」。	▶ <ruby>勉強<rt>べんきょう</rt></ruby>します＋して → <ruby>勉強<rt>べんきょう</rt></ruby>して 學習
		▶ <ruby>食事<rt>しょくじ</rt></ruby>します＋して → <ruby>食事<rt>しょくじ</rt></ruby>して 用餐
		▶ <ruby>来<rt>き</rt></ruby>ます → <ruby>来<rt>き</rt></ruby>て 來

「て形」的重點文法：

①～て形＋います。

這句型可以表達三種狀況，分別是：

❶ 正在進行的動作

▶ 先生は　日本語で　電話を　かけて　います。

老師正用日語打電話。

❷ 動作後留下的狀態、結果

▶ 私は　台北に　住んで　います。

我住在台北。

▶ 会社の　電話番号を　知って　いますか。

知道公司的電話號碼嗎？

▶ いいえ、知りません。（並非「知っていません。」）

不、不知道。

❸ 說明職業或人、物的狀況

▶ 弟は　ＩＢＭに　勤めて　います。

舍弟在 IBM 上班。

▶ 妹は　大学で　勉強して　います。

舍妹在大學唸書。

▶ 彼は　結婚して　います。

他已經結婚了。

②～て形＋～て形＋動詞句

　　　二個或二個以上的動詞，同時存在於句子中，表示單純的接續。此句型無法表達動作之間的時間性，只是有如記流水帳似地，將動作依序列出而已。

▶ 朝　七時に　起きて、顔を　洗って、歯を　みがきます。
　早上七點起床、洗臉、刷牙。

③～て形＋動作句

　　　藉以表示用某方法的狀態下，進行該動作。

▶この本を　使って、勉強します。
　使用這本書進行學習。

▶学生は　ＣＤを　聞いて、答えを　書きました。
　學生聽著CD寫下答案。

④～て形＋結果句

　　　表示事情的因果關係，「て形」的部分是原因，導致了後面的結果。

▶風邪を　ひいて、学校を　休みました。
　因為感冒，所以向學校請假。

⑤～自動詞て形＋います。
　～他動詞て形＋あります。

　　　所謂的「自動詞」和「他動詞」，其概念和英語的「不及物動詞」、「及物動詞」相似。但由於中文無法百分之百的貼切翻譯，導致這二個句型經常引起學習者的困惑。簡單而言，「自動詞て形＋います」屬於單純的敘述狀況，沒有多餘的遐想或是絃外之音。反之

「他動詞て形＋あります」則是有言外之意，並非單純描述現狀，通常認為該狀況，應該是為了某種目的，而刻意持續存在。

▶ ドアが　開いて　います。門開著。（看到門開著）

▶ ドアを　開けて　あります。開著門。
（心裡想著，是不是有客人要來……。一般用法為「ドアが開けてあります」，例句中的「ドアを開けてあります」表示人為行動。）

▶ 部屋の　電気が　消えて　います。房間燈熄滅了。（單純描述）

▶ 部屋の　電気を　消して　あります。關房間的電燈了。
（心想可能是為了省電……。一般用法為「電気が消してあります」，例句中的「電気を消してあります」表示人為行動。）

※自、他動詞對照表

自動詞	他動詞	自動詞	他動詞
開きます （門）開	開けます 打開	並びます 排隊	並べます 排列、擺放
消えます 消失、熄滅	消します 關（電器類）	入ります 進入	入れます 裝入、放入
出ます 出去	出します 送出	始まります 開始、起因	始めます （事物的）開始、開創
止まります 停止	止めます 停、關上	渡ります 渡過、到手	渡します 給、交遞

02 辭書形變化方式與基本句型 MP3-84))

　　「辭書形」又被稱做「原形」或「字典形」。顧名思義，查字典之前，須先將動詞還原成辭書形，才可以找出它的意思。在普通體中，就是現在肯定式。

「辭書形」的變化方式如下：

	變化規則	範例
I 第一類 動詞	將主幹最後一個音，改為 [u] 段音。	▶ 買<ruby>い<rt>か</rt></ruby>ます → 買<ruby>う<rt>か</rt></ruby> 買 ▶ 待<ruby>ち<rt>ま</rt></ruby>ます → 待<ruby>つ<rt>ま</rt></ruby> 等 ▶ 帰<ruby>り<rt>かえ</rt></ruby>ます → 帰<ruby>る<rt>かえ</rt></ruby> 回家 ▶ 遊<ruby>び<rt>あそ</rt></ruby>ます → 遊<ruby>ぶ<rt>あそ</rt></ruby> 遊玩
II 第二類 動詞	直接去「ます」，加 「る」。	▶ 食<ruby>べ<rt>た</rt></ruby>ます →食<ruby>べる<rt>た</rt></ruby> 吃 ▶ 教<ruby>え<rt>おし</rt></ruby>ます → 教<ruby>える<rt>おし</rt></ruby> 教 ▶ 見<ruby>ます<rt>み</rt></ruby> → 見<ruby>る<rt>み</rt></ruby> 看

		▶ できます → できる 能夠
Ⅲ 第三類 動詞	「します」直接換成 「する」;「来ます」則是 「来る」。	▶ 勉強します → 勉強する 學習 ▶ 食事します → 食事する 用餐 ▶ 来ます → 来る 來

「辭書形」的重點文法：

①辭書形＋ことが　できます。

表示「能夠～」。

「辭書形＋こと」屬於「名詞化」的做法。在本句型中，可視為名詞子句。（除此之外，名詞也可直接接續「ができます。」請參考第四單元應用句型 P.190）

▶ 私は　泳ぐことが　できます。
我會游泳。

▶ 私は　ケーキを　作ることが　できます。
我會做蛋糕。

②辭書形＋前に～（參考第四單元應用句型 P.189）

意為「～之前，～」，表示二個動作的前後關係。
（「前に」的前面也可放置「名詞＋の」或是「時間的量詞」。）

▶ <ruby>食事<rt>しょくじ</rt></ruby>する<ruby>前<rt>まえ</rt></ruby>に、<ruby>手<rt>て</rt></ruby>を <ruby>洗<rt>あら</rt></ruby>って ください。

用餐之前，請洗手。

▶ <ruby>寝<rt>ね</rt></ruby>る<ruby>前<rt>まえ</rt></ruby>に、<ruby>歯<rt>は</rt></ruby>を みがきます。

睡前刷牙。

03 た形變化方式與基本句型 MP3-85))

「た形」的變化和「て形」完全一樣，惟獨把「て」字改成「た」而已。「た形」是普通體中的過去式。

「た形」的變化方式如下：

	變化規則	範例
I 第一類 動詞 根據動詞 主幹最後 一個音， 可分成四 組：	①い 　ち ⎫⎬⎭ 分別去 　り 「い、ち、り」， 　　 加上「った」。	▶ <ruby>買<rt>か</rt></ruby>います → <ruby>買<rt>か</rt></ruby>った 買了 ▶ <ruby>待<rt>ま</rt></ruby>ちます → <ruby>待<rt>ま</rt></ruby>った 等了 ▶ <ruby>帰<rt>かえ</rt></ruby>ります → <ruby>帰<rt>かえ</rt></ruby>った 回家了
	②き 　ぎ ⎫⎬⎭ 分別去「き、ぎ」， 　　 加上「いた」或 　　 「いだ」。 （清音對清音，濁音對濁音）	▶ <ruby>書<rt>か</rt></ruby>きます → <ruby>書<rt>か</rt></ruby>いた 寫、畫了 ▶ <ruby>急<rt>いそ</rt></ruby>ぎます → <ruby>急<rt>いそ</rt></ruby>いだ 快一點了

	③み 　に 〉分別去 　び 「み、に、び」， 加上「んだ」。	▶ 読みます → 読んだ 閱讀了 ▶ 死にます → 死んだ 死了 ▶ 遊びます → 遊んだ 玩了
	④し → 保留「し」，再加 　上「た」。	▶ 話します → 話した 說了
II 第二類 動詞	直接去「ます」，加 「た」。	▶ 食べます → 食べた 吃了 ▶ 教えます → 教えた 教了 ▶ 見ます → 見た 看了 ▶ できます → できた 會了、做好了
III 第三類 動詞	「します」直接換成 「した」；「来ます」則是 直接換成「来た」。	▶ 勉強します＋した → 勉強した 學習了 ▶ 食事します＋した → 食事した 用餐了

177

		▶ 来^きます →
		来^きた
		來了

「た形」的重點文法：

①～た形＋ことが　あります。

　　表示「有～經驗」。「た形＋こと」也是屬於「名詞化」，和「辭書形＋こと」的模式相似。

▶ 私^{わたし}は　日本^{にほん}へ　行^いったことが　あります。

　　我去過日本。

▶ 富士山^{ふじさん}を　のぼったことが　ありますか。

　　有爬過富士山嗎？

②～た形＋後^{あと}で～（參考第四單元應用句型 P.189）

　　表示「～之後，～」。

▶ 食事^{しょくじ}した後^{あと}で、お風呂^{ふろ}に　入^{はい}ります。

　　吃過飯之後洗澡。

③～た形＋り＋～た形＋り＋します。

　　表示「動作的部分列舉」。

▶ 日曜日^{にちようび}、家^{いえ}で　本^{ほん}を　読^よんだり、音楽^{おんがく}を　聞^きいたり　します。

　　星期日在家看看書、聽聽音樂。

04 **ない形變化方式與基本句型** MP3-86))

「ない形」在普通體中，代表否定的意思。

「ない形」的變化方式如下：

	變化規則	範例
I 第一類 動詞	將主幹最後一個音，改為 [a]段音＋ない。 ※「い」的場合，則改成 　「わ」。	▶ 買^か~~います~~ → 買^かわない 不買 ▶ 待^ま~~ちます~~ → 待^またない 不等 ▶ 帰^{かえ}~~ります~~ → 帰^{かえ}らない 不回家 ▶ 遊^{あそ}~~びます~~ → 遊^{あそ}ばない 不玩
II 第二類 動詞	直接去「ます」，加 「ない」。	▶ 食^たべ~~ます~~ → 食^たべない 不吃 ▶ 教^{おし}え~~ます~~ →教^{おし}えない 不教 ▶ 見^み~~ます~~ →見^みない 不看 ▶ でき~~ます~~ → できない 不能夠

Ⅲ 第三類 動詞	「します」直接換成 「しない」； 「来（き）ます」則是直接換成 「来（こ）ない」。	▶ 勉強（べんきょう）~~します~~ → 勉強（べんきょう）しない 不學習 ▶ 食事（しょくじ）~~します~~ → 食事（しょくじ）しない 不用餐 ▶ 来（き）~~ます~~ → 来（こ）ない 沒來

「ない形」的重點文法：

①～ない形＋で＋ください。（參考第四單元應用句型 P.184）

表示「請不要～」。

▶ 図書館（としょかん）で　寝（ね）ないで　ください。

請不要在圖書館睡覺。

②～ない形去い＋ければ　なりません。

表示「不～不行、務必～」。

▶ 朝（あさ）ご飯（はん）を　食（た）べなければ　なりません。

不吃早餐不行。

③**～ない形去い＋く＋ても　いいです。**

表示「不～也可以」。

▶ 日曜日_{にちようび}は　働_{はたら}かなくても　いいです。

星期日不工作也可以。

④**～ない形＋ほうが　いいです。**

表示「不～，比較好」。多用於勸戒對方別做某事。

▶ タバコを　吸_すわないほうが　いいです。

不抽菸比較好。

⑤**～ない形＋で＋動作句**

以此句型表示在某否定狀態下，進行該動作。

▶ お酒_{さけ}を　飲_のまないで、仕事_{しごと}を　して　ください。

請不要喝酒工作。

MEMO

句型・文法下
應用句型

如同中文，日語裡同樣的意思，我們也可以用很多種方式來表現。所以建立好各詞性的基礎之後，我們將換以目的別，重新整理所有學過的句型，也就是所謂的橫向歸納。若能熟記縱、橫的要點，不論是何種類型的考題，想必都可輕鬆應對。

　　應用句型的部分，主要是根據句型的「意圖」做分類，將各詞性相關的句型做了橫向的整合。

　　以下總共分成七大類，分別是「請求」、「勸誘」、「希望」、「存在」、「時間關係」、「能力」、「推測」和「變化」。若能充分理解基本文法，再配合上應用句型，那麼不管考題是由哪個角度切入，都可以輕鬆面對！

　　另外要提醒讀者，本單元部分句型也許已經在第三單中的各詞性中介紹過，但切入點不同，若能同時參考學習，必可融會貫通、舉一反三。

01 請求 MP3-87))

①名詞＋を　　　　　　　　　　　請求某物。
　動詞て形　　　}＋ください。　請求對方的某行為。
　動詞ない形＋で　　　　　　　　請求對方別做某行為。

　　「ください」是「請」的意思，基本上這三個句型，都是向對方提出請求的意思。

▶あのりんごを　ください。
　　請給我那個蘋果。

▶新聞を　とって　ください。
　　請拿報紙（給我）。

▶ここで　写真を　撮らないで　ください。
　　請不要在這拍照。

②**名詞＋を**
　動詞て形｝**＋くださいませんか。** 客氣地請求某物。
　　　　　　　　　　　　　　　　　客氣地請求對方的某行為。

「くださいませんか」（可以請～嗎）是比「ください」（請）
更為委婉的說法。

▶その本を　くださいませんか。

可以請你給我那本書嗎？

▶このかさを　貸して　くださいませんか。

可以請你借我這把傘嗎？

02 勸誘 MP3-88))

①**（いっしょに）動詞ます形去ます＋ましょう。**

中文意思為「一起～吧！」邀請人家一起做某事時，習慣和
「いっしょに」（一起）共同使用。

▶いっしょに　ご飯を　食べましょう。

一起吃飯吧！

②**（いっしょに）動詞ます形去ます＋ませんか。**

中文意思為「一起～好嗎？」和上一個句型一樣，同為提出邀請
的句型，但採否定問句的方式，口氣更為委婉。

▶いっしょに　映画を　見に　行きませんか。

一起去看電影好嗎？

03 希望 MP3-89))）

①名詞＋が　ほしいです。

中文意思為「我想要～」，此句型的主詞限為第一人稱。

▶ 私は　車が　ほしいです。

我想要車子。

②動詞ます形去ます＋たいです。

中文意思為「我想做某動作」，主詞限為第一人稱。

▶ 私は　日本へ　旅行に　行きたいです。

我想去日本旅行。

04 存在 MP3-90))）

①場所＋に～が
$\begin{cases} \text{います。} & （生命體的存在） \\ \text{あります。} & （無生物的存在） \end{cases}$

中文意思為「在～地方，有～」。要注意的是，「います」用於「生命體的存在」；而「あります」則用於「無生物的存在」。

▶ 木の　上に　鳥が　います。

樹上有鳥。

▶ つくえの　上に　写真が　あります。

桌上有照片。

②場所＋に～が＋量詞＋
$\begin{cases} \text{います。} & （生命體的存在） \\ \text{あります。} & （無生物的存在） \end{cases}$

中文意思為「在～地方，有多少～」。同樣的，「います」用於「生命體的存在」；而「あります」則用於「無生物的存在」。

▶ 会議室に　社員が　二人　います。

會議室裡有二個職員。

▶ かばんに　本が　三冊　あります。

包包裡有三本書。

③～は＋場所＋に 〔 います。　　（生命體的存在）
　　　　　　　　　 あります。　　（無生物的存在）

中文意思為「～在～地方」。同樣的，「います」用於「生命體的存在」；而「あります」則用於「無生物的存在」。

▶ 先生は　事務所に　います。

老師在辦公室。

▶ 辞書は　本棚に　あります。

字典在書架上。

05 時間關係 MP3-91)))

① 動詞普通體
イ形容詞
ナ形容詞＋な ＋とき、～
名詞＋の

中文意思為「～的時候，～」。以此句型表示前、後動作同時發生。

▶ 学校へ　行くとき、いつも　駅前から　バスに　乗ります。

（動詞普通體＋とき）

去學校的時候，總是從車站前面搭公車。

▶ 授業が　終わったとき、みんなで　食事に　行きました。

（動詞普通體＋とき）

課程結束的時候，大家一起去用餐了。

▶ お酒を　飲まないとき、ジュースを　飲みましょう。

（動詞普通體＋とき）

不喝酒的時候，喝果汁吧！

▶ お腹が　痛いとき、病院へ　行ったほうが　いいです。

（イ形容詞＋とき）

肚子痛的時候，去醫院比較好。

▶ 暇なとき、本を　読んだり、テレビを　見たり　します。

（ナ形容詞＋な＋とき）

閒暇的時候，看看書或是看看電視。

▶ 勉強の　とき、静かに　して　ください。

（名詞＋の＋とき）

唸書的時候，請安靜。

②動詞ます形去ます＋ながら～

　　中文意思為「一邊～一邊～」。

▶ 歌を　歌いながら、シャワーを　浴びます。

一邊唱歌，一邊沖澡。

▶ <ruby>音楽<rt>おんがく</rt></ruby>を　<ruby>聞<rt>き</rt></ruby>きながら、<ruby>走<rt>はし</rt></ruby>ります。

一邊聽音樂，一邊跑步。

③動詞て形＋から、～

表示動作的前後關係，中文意思為「～之後，緊接著～」。

▶ <ruby>家<rt>うち</rt></ruby>に　<ruby>帰<rt>かえ</rt></ruby>ってから、ご<ruby>飯<rt>はん</rt></ruby>を　<ruby>食<rt>た</rt></ruby>べます。

回家之後，緊接著吃飯。

▶ スポーツを　してから、お<ruby>風呂<rt>ふろ</rt></ruby>に　<ruby>入<rt>はい</rt></ruby>ります。

運動之後，緊接著洗澡。

④動詞辭書形
名詞＋の ⎫ ＋<ruby>前<rt>まえ</rt></ruby>に、～
時間的量詞 ⎭

表示動作的前後關係，中文意思為「～之前，～」。

▶ <ruby>行<rt>い</rt></ruby>く<ruby>前<rt>まえ</rt></ruby>に、<ruby>電話<rt>でんわ</rt></ruby>を　かけて　ください。

去之前，請打電話。

▶ <ruby>食事<rt>しょくじ</rt></ruby>の　<ruby>前<rt>まえ</rt></ruby>に、<ruby>手<rt>て</rt></ruby>を　<ruby>洗<rt>あら</rt></ruby>って　ください。

飯前請洗手。

▶ <ruby>一ヶ月前<rt>いっかげつまえ</rt></ruby>に、アメリカから　<ruby>来<rt>き</rt></ruby>ました。

一個月前，從美國過來了。

⑤動詞た形＋<ruby>後<rt>あと</rt></ruby>で、～

表示動作的前後關係，中文意思為「～之後，～」。

▶ <ruby>仕事<rt>しごと</rt></ruby>を　<ruby>終<rt>お</rt></ruby>えた<ruby>後<rt>あと</rt></ruby>で、<ruby>飲<rt>の</rt></ruby>みましょう。

工作完畢之後，一起喝一杯吧！

▶ この薬は　食事を　した後で、飲んで　ください。

這個藥，請飯後服用。

06　能力　MP3-92))

① 名詞
動詞辭書形＋こと ｝＋が　できます。

「できます」是「能夠」的意思，用此句型表示「能夠做～」的意思。

▶ 私は　料理が　できます。

我會煮菜。

▶ 私は　漢字を　書くことが　できます。

我會寫漢字。

07　推測　MP3-93))

① 名詞
イ形容詞 ｝＋でしょう。
ナ形容詞

表示推測，中文意思為「大概～吧！」

▶ 明日は　雨でしょう。

明天大概下雨吧！

▶ 休日は　人が　多いでしょう。

假日人大概很多吧！

▶日本の　トイレは　きれいでしょう。

日本的廁所大概乾淨吧！

08 變化 MP3-94))

①イ形容詞去い＋く
　ナ形容詞＋に 　⎱ ＋なります。
　名詞＋に

　　「なります」中文意思為「變得～」。以此句型表示狀態改變，
而且是自然而然地改變。

▶部屋が　明るく　なりました。

房間變明亮了。

▶公園が　きれいに　なりました。

公園變漂亮了。

▶姉は　先生に　なりました。

家姊成為老師了。

②イ形容詞去い＋く
　ナ形容詞＋に 　⎱ ＋します。
　名詞＋に

　　表示讓狀態改變，而且是有人為因素。中文意思為「讓～變
得～」。

▶部屋を　明るく　しました。

讓房間變明亮了。

▶ 公園_{こうえん}を　きれいに　しました。

讓公園變漂亮了。

▶ りんごを　ジュースに　しました。

讓蘋果變成果汁了。

③ もう + { 肯定
           否定

　「もう」是副詞，表示「已經～」。

▶ 彼_{かれ}は　もう　帰_{かえ}りました。

他已經回家了。

▶ ご飯_{はん}は　もう　ありません。

已經沒飯了。

④ まだ + { 肯定
          否定

　「まだ」是副詞，表示「還有～、尚未～」。

▶ 切符_{きっぷ}は　まだ　あります。

還有票。

▶ 荷物_{にもつ}は　まだ　送_{おく}って　いません。

行李尚未寄出去。

模擬試題＋
完全解析

　　三回模擬試題，讓您在學習之後立即能測驗自我實力。若是有不懂之處，中文翻譯及解析更能幫您了解盲點所在，補強應考戰力。

模擬試題第一回

もんだい1　ぶんの　＿＿の　かんじは　どう　よみますか。
　　　　　　1・2・3・4から　いちばん　いい　ものを
　　　　　　ひとつ　えらびなさい。

（　）① 新しい　ようふくですね。
　　　　1. あたらしい　　　　　　　　2. あだらしい
　　　　3. あらたしい　　　　　　　　4. あらだしい

（　）② 電気を　けして　ください。
　　　　1. でんぎ　　　2. でんき　　　3. てんぎ　　　4. てんき

（　）③ 食堂で　昼ごはんを　たべます。
　　　　1. こる　　　　2. ある　　　　3. はる　　　4. ひる

（　）④ 父は　がいこくで　働いて　います。
　　　　1. はたらいて　　　　　　　　2. めたらいて
　　　　3. ひたらいて　　　　　　　　4. くたらいて

（　）⑤ 荷物を　たくさん　もって　います。
　　　　1. かもつ　　　2. にもつ　　　3. かもの　　　4. にもの

（　）⑥ 田中さん、お元気ですか。
　　　　1. けんけ　　　2. がんけ　　　3. げんき　　　4. がんき

（　）⑦ 母は　うたが　上手です。
　　　　1. へた　　　　2. じょず　　　3. へだ　　　4. じょうず

（　）⑧ かぜが　<u>強い</u>から、まどを　しめて　ください。

　　　1. つゆい　　　　2. つよい　　　　3. つやい　　　4. づよい

（　）⑨ 牛乳は　<u>冷蔵庫</u>に　入れなければ　いけません。

　　　1. でいとうこう　　　　　　　2. れいとうこ

　　　3. でいぞうこう　　　　　　　4. れいぞうこ

（　）⑩ 赤い　ボタンを　<u>押して</u>　ください。

　　　1. かして　　　　2. れして　　　　3. おして　　　4. はして

（　）⑪ ここは　駅から　<u>遠くて</u>　不便です。

　　　1. とうくて　　2. ちかくて　　3. とおくて　　4. しかくて

（　）⑫ <u>風邪</u>で　学校を　休みました。

　　　1. かせ　　　　　2. ふうせ　　　　3. かぜ　　　　4. ふうぜ

もんだい2　つぎの　ぶんの　＿＿の　ことばは　かんじや

　　　　　　かなで　どう　かきますか。1・2・3・4から

　　　　　　いちばん　いい　ものを　ひとつ　えらびなさい。

（　）① <u>そと</u>で　はなしましょう。

　　　1. 代　　　　　　2. 側　　　　　3. 夘　　　　　4. 外

（　）② あの<u>ほてる</u>は　たかいです。

　　　1. ホラル　　　2. ホテル　　　3. ホラハ　　　4. ハテル

（　）③ でかけるまえに　<u>シャワー</u>を　あびます。

　　　1. しゃわあ　　　　　　　　2. ちゃわあ

　　　3. しょうわあ　　　　　　　4. ちょうわあ

（　）④ <u>ちず</u>を　かいて　もらいます。

    1. 地理　　　　　2. 地利　　　　　3. 地表　　　　　4. 地図

（　）⑤ <u>ようじ</u>が　あります。

    1. 申事　　　　　2. 用事　　　　　3. 由事　　　　　4. 甲事

（　）⑥ 黒い　<u>ふとった</u>ねこが　います。

    1. 大った　　　2. 天った　　　3. 木った　　　4. 太った

（　）⑦ 長野<u>けん</u>は　りんごで　ゆうめいです。

    1. 市　　　　　　2. 県　　　　　　3. 町　　　　　　4. 鎮

（　）⑧ 男の　人が　<u>もん</u>の　前に　たって　いました。

    1. 門　　　　　　2. 間　　　　　　3. 開　　　　　　4. 闇

もんだい3　つぎの　ぶんの　＿＿＿の　ところに　なにを

      いれますか。1・2・3・4から　いちばん　いい

      ものを　ひとつ　えらびなさい。

（　）① こののみものは　とても　＿＿＿＿　おいしいです。

    1. よくて　　　　　　　　　　2. つめたくて

    3. わかく　　　　　　　　　　4. やさしくて

（　）② にほんごは　まだ　＿＿＿＿です。にほんの　しんぶんは

    ほとんど　読めません。

    1. まずい　　　2. へた　　　　3. ひくい　　　4. ふるい

（　）③ ＿＿＿＿　あなたと　はなしたいです。いっしょに

    しょくじを　しながら　はなしましょう。

    1. たいてい　　2. だんだん　　3. もっと　　　4. あまり

（　）④ ゆうべ　ねるまえに　ちょっと　＿＿＿＿を　ひきました。
　　　1. ピアノ　　　　2. テープ　　　3. スポーツ　　4. ストーブ

（　）⑤ A「もう　いっぱい　いかがですか」
　　　B「もう　おそいですから、＿＿＿＿　」
　　　1. そろそろ　しつれいします　　2. すぐ　かえりなさい
　　　3. かえりたいです　　　　　　　4. かえりたくないです

（　）⑥ しょくじの　とき、みぎの　てで　はしを　もって、
　　　ひだりの　てで　＿＿＿＿を　もちます。
　　　1. ねこ　　　　　2. めがね　　　3. ちゃわん　4. おかし

（　）⑦ わたしは　いつも　にちようびに　くつを　＿＿＿＿。
　　　1. むぎます　　　　　　　　2. かけます
　　　3. みがきます　　　　　　　4. はきます

（　）⑧ あそこで　タクシーに　＿＿＿＿。
　　　1. のりました　　　　　　　2. あがりました
　　　3. つきました　　　　　　　4. でかけました

（　）⑨ あついですから、そとに　＿＿＿＿　たくないです。
　　　1. かえり　　　　2. み　　　　3. はいり　　　4. で

（　）⑩ ねるまえに　おさけを　＿＿＿＿　のみました。
　　　1. さんさつ　　　2. さんばい　　3. さんだい　　4. さんまい

もんだい4 ＿＿の　ぶんと　だいたい　おなじ　いみの
　　　　　　ぶんは　どれですか。1・2・3・4から　いちばん
　　　　　　いい　ものを　ひとつ　えらびなさい。

（　）① わたしは　ふとい　えんぴつが　すきです。

　　　1. せまい　えんぴつは　すきでは　ありません。

　　　2. おもい　えんぴつは　すきでは　ありません。

　　　3. かるい　えんぴつは　すきでは　ありません。

　　　4. ほそい　えんぴつは　すきでは　ありません。

（　）② ときどき　かぞくに　電話を　かけます。

　　　1. 毎日　かぞくに　電話を　かけます。

　　　2. いっしゅうかんに　さんかいぐらい　かぞくに　電話を
　　　　　かけます。

　　　3. いっかげつに　いっかい　かぞくに　電話を　かけます。

　　　4. いちねんに　さんかいぐらい　かぞくに　電話を
　　　　　かけます。

（　）③ やまだ「わたしの　あねは　りょうりを　おしえて
　　　　　います」

　　　1. やまださんの　おばあさんは　りょうりの　せんせいです。

　　　2. やまださんの　おかあさんは　りょうりの　せんせいです。

　　　3. やまださんの　おにいさんは　りょうりの　せんせいです。

　　　4. やまださんの　おねえさんは　りょうりの　せんせいです。

（　）④ だんだん　あたたかく　なりました。さくらの　はなも
　　　　いっぱい　さいて　います。
　　　　1. にほんの　はるです。　　　　2. にほんの　なつです。
　　　　3. にほんの　あきです。　　　　4. にほんの　ふゆです。

（　）⑤ これは　パソコンの　ざっしです。
　　　　1. たいてい　まいにち　ききます。
　　　　2. たいてい　まいにち　のります。
　　　　3. たいてい　まいしゅう　かいます。
　　　　4. たいてい　まいつき　やります。

もんだい5　＿＿の　ところに　なにを　いれますか。1・2・
　　　　　 3・4から　いちばん　いい　ものを　ひとつ
　　　　　 えらびなさい。

（　）① さとうさんは　アメリカ人＿＿＿＿　けっこんしました。
　　　　1. と　　　　　2. に　　　　　3. が　　　　　4. で

（　）② まどが　＿＿＿＿　います。
　　　　1. あけて　　　2. あいて　　　3. つけて　　　4. ついて

（　）③ ＿＿＿＿ながら、タバコを　すっては　いけません。
　　　　1. あるく　　　2. あるき　　　3. あるいて　　4. あるいた

（　）④ このみち＿＿＿＿　まっすぐ　いって　ください。
　　　　1. を　　　　　2. に　　　　　3. が　　　　　4. で

（　）⑤ こどもが　ねて　いますから、＿＿＿＿　して　ください。
　　　　1. しずか　　　2. しずかで　　3. しずかだ　　4. しずかに

（　　）⑥ せんしゅう　台湾に　きました。らいしゅうの
すいようび_____　います。

1. まで　　　　2. で　　　　　3. か　　　　4. から

（　　）⑦ いまは　なに_____　たべたくないです。

1. は　　　　　2. を　　　　　3. も　　　　4. で

（　　）⑧ では、あした_____　あさって　もういちど　電話します。

1. か　　　　　2. に　　　　　3. が　　　　4. で

（　　）⑨ かぜ_____　がっこうを　やすみました。

1. を　　　　　2. に　　　　　3. が　　　　4. で

（　　）⑩ いっかげつ_____　いっかい　テニスを　します。

1. を　　　　　2. に　　　　　3. が　　　　4. で

（　　）⑪ からだに　わるいですから、おさけは _____　ください。

1. のんで　　　2. のまないで　3. たべて　　4. たべても

（　　）⑫ きのうは　うちに _____　何を　しましたか。

1. かえる　　　　　　　　　　2. かえるから
3. かえって　　　　　　　　　4. かえったり

（　　）⑬ このしごとは　かれ_____　たのみましょう。

1. を　　　　　2. に　　　　　3. が　　　　4. で

（　　）⑭ あなたは　ふじさんに　のぼった_____が　ありますか。

1. の　　　　　2. ほう　　　　3. とき　　　4. こと

（　　）⑮ もう　おそいです。_____　でかけましょう。

1. はやい　　　2. はやいに　　3. はやく　　4. はやさ

（　）⑯ 妹は　へや_____　そうじして　います。

　　　　1. を　　　　　2. に　　　　　3. が　　　　　4. で

もんだい6　___★___　に　はいる　ものは　どれですか。1・2・
　　　　　　3・4から　いちばん　いい　ものを　ひとつ
　　　　　　えらびなさい。

（　）① A「_____　_____　___★___　_____か」

　　　　B「きむらさんです」

　　　　1. です　　　　　2. は　　　　　3. あのひと　　4. だれ

（　）② あしたは　_____　_____　___★___　_____。

　　　　1. つよい　　　　2. でしょう　　3. あめが　　　4. ふる

（　）③ これは　クリスマスに　わたし　_____　_____　___★___

　　　　_____　プレゼントです。

　　　　1. が　　　　　　2. に　　　　　3. もらった　　4. ともだち

（　）④ きたないから、_____　_____　___★___　_____。

　　　　1. きれいに　　　　　　　　2. ください

　　　　3. けして　　　　　　　　　4. けしゴムで

（　）⑤ きのう、_____　_____　___★___　_____。

　　　　1. 買いに　　　　　　　　　2. 日本語の

　　　　3. 本を　　　　　　　　　　4. 行きました

もんだい7 ＿＿①＿＿ から ＿＿⑤＿＿ に なにを いれますか。1・
2・3・4から いちばん いい ものを ひとつ
えらびなさい。

　きむらさんと マリアさんは かんげいかいで じこしょうかい
を します。それで、いま れんしゅうして います。

（一）

　　はじめまして、きむら しんいちです。日本から ＿＿①＿＿。
　わたしは おんがくが 好きです。だから、よく うたを
ききます。＿②＿、台湾の うたは あまり 知りません。
台湾の うたも たくさん ＿＿③＿＿。
　どうぞ よろしく おねがいします。

（二）

　　みなさん、こんにちは。マリアです。
　わたしは 大学で 毎日 中国語を べんきょうして
います。今は 学校の ちかくに 兄と 住んで います。
兄が いるから、＿④＿。
　わたしは、台湾で ともだちが たくさん ほしいです。
みなさん、＿⑤＿。
　どうぞ よろしく おねがいします。

（　）① 1. 行きます　　2. 行きました　3. 来ます　　4. 来ました

（　）② 1. では　　　　2. だから　　　3. でも　　　4. それから

（　）③ 1. おぼえました　　　　　　2. おぼえたいです

　　　　 3. おぼえて　いました　　　4. おぼえるからです

（　）④ 1. さびしく　ありません

　　　　 2. さびしく　ありませんでした

　　　　 3. さびしく　ありませんか

　　　　 4. さびしく　ありませんでしたか

（　）⑤ 1. うちに　毎日　行きませんか

　　　　 2. うちで　ともだちと　あそびました

　　　　 3. うちに　あそびに　来て　ください

　　　　 4. うちで　兄と　あそびたいです

模擬試題第一回　解答

もんだい1 ① 1　　② 2　　③ 4　　④ 1　　⑤ 2
　　　　　　⑥ 3　　⑦ 4　　⑧ 2　　⑨ 4　　⑩ 3
　　　　　　⑪ 3　　⑫ 3

もんだい2 ① 4　　② 2　　③ 1　　④ 4　　⑤ 2
　　　　　　⑥ 4　　⑦ 2　　⑧ 1

もんだい3 ① 2　　② 2　　③ 3　　④ 1　　⑤ 1
　　　　　　⑥ 3　　⑦ 3　　⑧ 1　　⑨ 4　　⑩ 2

もんだい4 ① 4　　② 3　　③ 4　　④ 1　　⑤ 3

もんだい5 ① 1　　② 2　　③ 2　　④ 1　　⑤ 4
　　　　　　⑥ 1　　⑦ 3　　⑧ 1　　⑨ 4　　⑩ 2
　　　　　　⑪ 2　　⑫ 3　　⑬ 2　　⑭ 4　　⑮ 3
　　　　　　⑯ 1

もんだい6 ① 4　　② 4　　③ 2　　④ 3　　⑤ 1

もんだい7 ① 4　　② 3　　③ 2　　④ 1　　⑤ 3

模擬試題第一回　中譯及解析

もんだい1　ぶんの　＿＿の　かんじは　どう　よみますか。
　　　　　　1・2・3・4から　いちばん　いい　ものを
　　　　　　ひとつ　えらびなさい。

（　）① <ruby>新<rt>あたら</rt></ruby>しい　ようふくですね。

　　　1. あたらしい　　　　　　　　2. あだらしい
　　　3. あらたしい　　　　　　　　4. あらだしい

中譯 新衣服啊。
解析 「<ruby>新<rt>あたら</rt></ruby>しい」（新的）是イ形容詞，這裡用來修飾後面的「<ruby>洋服<rt>ようふく</rt></ruby>」（衣服）。

（　）② <ruby>電気<rt>でん き</rt></ruby>を　けして　ください。

　　　1. でんぎ　　　　2. でんき　　　　3. てんぎ　　　　4. てんき

中譯 請關電燈。
解析 「<ruby>電気<rt>でん き</rt></ruby>」是名詞，有二個意思，一個是「電力」，一個是「電燈」，這裡做「電燈」解釋。

（　）③ <ruby>食堂<rt>しょくどう</rt></ruby>で　<ruby>昼<rt>ひる</rt></ruby><ruby>ご飯<rt>はん</rt></ruby>を　たべます。

　　　1. こる　　　　　2. ある　　　　　3. はる　　　　　4. ひる

中譯 在餐廳吃午飯。
解析 「<ruby>昼<rt>ひる</rt></ruby>」（中午）是名詞，後面除了接續「<ruby>ご飯<rt>はん</rt></ruby>」（飯），變成「<ruby>昼ご飯<rt>ひる　はん</rt></ruby>」（午飯）之外，也常接「<ruby>休<rt>やす</rt></ruby>み」，變成「<ruby>昼休<rt>ひるやす</rt></ruby>み」，為「<ruby>午休<rt>ひるやす</rt></ruby>」之意。

（　）④ 父は　がいこくで　働いて　います。

    1. はたらいて　　　　　　　　　2. めたらいて

    3. ひたらいて　　　　　　　　　4. くたらいて

中譯 家父在國外工作。

解析「働いて」是動詞「働きます」的て形，「工作」的意思。

（　）⑤ 荷物を　たくさん　もって　います。

    1. かもつ　　　　2. にもつ　　　　3. かもの　　　4. にもの

中譯 拿著很多行李。

解析「荷物」（行李）是名詞，雖然「物」也可發音為「もの」，但此處是發「もつ」的音。

（　）⑥ 田中さん、お元気ですか。

    1. けんけ　　　　2. がんけ　　　　3. げんき　　　4. がんき

中譯 田中先生，你好嗎？

解析「元気」（健康、有朝氣的）是ナ形容詞，常出現在日常會話中，用來問候他人。

（　）⑦ 母は　うたが　上手です。

    1. へた　　　　　2. じょず　　　　3. へだ　　　　4. じょうず

中譯 家母擅長唱歌。

解析「上手」（擅長）是ナ形容詞，相反詞則是「下手」（不擅長）。

（　）⑧ かぜが　強いから、まどを　しめて　ください。

    1. つゆい　　　　2. つよい　　　　3. つやい　　　4. づよい

中譯 因為風很強，請把窗戶關上。

解析「強い」（強的）是イ形容詞，相反詞則是「弱い」（弱的）。

（　）⑨ 牛乳は　冷蔵庫に　入れなければ　いけません。

　　　　1. でいとうこう　　　　　　　　2. れいとうこ

　　　　3. でいぞうこう　　　　　　　　4. れいぞうこ

中譯 牛奶不放冰箱不行。

解析 「冷蔵庫」是「冰箱」，是冷藏東西的地方，屬於名詞。「れいとうこ」
　　 則是指「冷凍庫」，是冷凍東西的地方。

（　）⑩ 赤い　ボタンを　押して　ください。

　　　　1. かして　　　　2. れして　　　　3. おして　　　　4. はして

中譯 請按下紅色按鈕。

解析 「押して」是動詞「押す」的て形，這裡是「按、壓」的意思。

（　）⑪ ここは　駅から　遠くて　不便です。

　　　　1. とうくて　　　　2. ちかくて　　　3. とおくて　　　4. しかくて

中譯 這裡離車站很遠，不方便。

解析 「遠くて」是「遠い」（遠的）的連接形，イ形容詞要變化成連接形須
　　 「去い＋くて」。

（　）⑫ 風邪で　学校を　休みました。

　　　　1. かせ　　　　　　2. ふうせ　　　　3. かぜ　　　　　4. ふうぜ

中譯 因為感冒，所以向學校請假。

解析 「風邪」（感冒）是名詞，「かぜ」另外也可寫成漢字「風」，此時意思
　　 就是「風」。

もんだい2　つぎの　ぶんの　＿＿の　ことばは　かんじや
　　　　　　かなで　どう　かきますか。1・2・3・4から
　　　　　　いちばん　いい　ものを　ひとつ　えらびなさい。

（　）① <u>そと</u>で　はなしましょう。
　　　　　1. 代　　　　　　2. 側　　　　　　3. 夘　　　　　4. 外

中譯　在外面說吧。

解析　正確答案選項4「外」（外面）是名詞，必學之相關方位詞尚有「内」
　　　（裡面）、「中」（中間）、「側」（旁邊）。其餘選項中，「代」（費用）
　　　並非方向性用字，而「夘」則是不存在的語彙。

（　）② あの<u>ほてる</u>は　たかいです。
　　　　　1. ホラル　　　　2. ホテル　　　　3. ホラハ　　　4. ハテル

中譯　那間飯店很貴。

解析　「ホテル」（飯店）是名詞，是來自英語「hotel」的外來語。

（　）③ でかけるまえに　<u>シャワー</u>を　あびます。
　　　　　1. しゃわあ　　　　　　　　　2. ちゃわあ
　　　　　3. しょうわあ　　　　　　　　4. ちょうわあ

中譯　出門之前沖澡。

解析　「シャワー」（沖澡）是名詞，是來自英語「shower」的外來語。動詞
　　　固定使用「浴びる」（澆、淋）。

（　）④ <u>ちず</u>を　かいて　もらいます。
　　　　　1. 地理　　　　2. 地利　　　　3. 地表　　　　4. 地図

中譯　請人家幫我畫地圖。

解析　「地図」（地圖）是名詞，配合的動詞是「描く」（畫）。其餘選項「地
　　　理」（地理）、「地利」（地利）、「地表」（地表），雖皆為名詞，卻都
　　　不是正確答案。

（　）⑤ <u>ようじ</u>が　あります。

   1. 申事   2. 用事   3. 由事   4. 甲事

中譯 有事情。

解析 「用事」是「事情」，屬於名詞，配合的動詞是「ある」（有）。其餘選
  項都是不存在的字。

（　）⑥ <u>黒い</u>　<u>ふとった</u>ねこが　います。

   1. 大った   2. 天った   3. 木った 4. 太った

中譯 有隻黑色的肥貓。

解析 「太った」是動詞「太る」的た形，肥胖的意思，用來形容後面的名詞
  「猫」（貓）。其餘選項都是不存在的字。

（　）⑦ <u>長野けん</u>は　りんごで　ゆうめいです。

   1. 市   2. 県   3. 町   4. 鎮

中譯 長野縣以蘋果聞名。

解析 「県」是「縣（日本的行政單位）」的意思，屬於名詞。

（　）⑧ 男の　人が　<u>もん</u>の　前に　たって　いました。

   1. 門   2. 間   3. 開   4. 闇

中譯 男人站在門的前面。

解析 「門」是「門」，屬於名詞。「立って」是動詞「立つ」（站）的て形。

もんだい3　つぎの　ぶんの　＿＿の　ところに　なにを　いれますか。1・2・3・4から　いちばん　いい　ものを　ひとつ　えらびなさい。

（　）① こののみものは　とても　＿＿＿＿　おいしいです。

　　　1. よくて　　　　　　　　　　　　2. つめたくて

　　　3. わかく　　　　　　　　　　　　4. やさしくて

中譯　這個飲料非常冰涼好喝。

解析　「冷<ruby>冷<rt>つめ</rt></ruby>たい」（冰涼的）是イ形容詞，要變成連接形時，必須先去掉い加上くて，變成「冷<ruby>冷<rt>つめ</rt></ruby>たくて」才是正確的答案。此外，選項1「よい」是「好的」，選項3是「若<ruby>若<rt>わか</rt></ruby>い」是「年輕的」，選項4「易<ruby>易<rt>やさ</rt></ruby>しい」是「簡單的」。

（　）② にほんごは　まだ　＿＿＿＿です。にほんの　しんぶんは　ほとんど　読<ruby>読<rt>よ</rt></ruby>めません。

　　　1. まずい　　　2. へた　　　3. ひくい　　　4. ふるい

中譯　日語還不擅長。日語報紙幾乎都看不懂。

解析　選項1「まずい」（難吃的）是イ形容詞；選項2「下手<ruby>下<rt>へ</rt>手<rt>た</rt></ruby>」（不擅長）是ナ形容詞；選項3「低<ruby>低<rt>ひく</rt></ruby>い」（低的）是イ形容詞；選項4「古<ruby>古<rt>ふる</rt></ruby>い」（老舊的）是イ形容詞，所以正確答案是2。

（　）③ ＿＿＿＿　あなたと　はなしたいです。いっしょに　しょくじを　しながら　はなしましょう。

　　　1. たいてい　　　2. だんだん　　　3. もっと　　　4. あまり

中譯　想跟你進一步談話。一邊用餐一邊談吧。

解析　本題選項都是副詞，選項1「たいてい」（大致上）；選項2「だんだん」（漸漸地）；選項3「もっと」（更～）；選項4「あまり」（不太～）。所以正確答案是3。

（　）④ ゆうべ　ねるまえに　ちょっと　＿＿＿＿を　ひきました。

　　　1. ピアノ　　　　　2. テープ　　　　3. スポーツ　　4. ストーブ

中譯 昨晚睡覺前，彈了一下鋼琴。

解析 與動詞「ひきます」（彈）配合的樂器是「ピアノ」（鋼琴）和「ギター」（吉他）。「スポーツ」（運動）配合的動詞是「します」（做）。而「テープ」（錄音帶）和「ストーブ」（火爐）皆為名詞，並無固定配合的動詞。

（　）⑤ A「もう　いっぱい　いかがですか」

　　　B「もう　おそいですから、＿＿＿＿ 」

　　　1. そろそろ　しつれいします　　　2. すぐ　かえりなさい

　　　3. かえりたいです　　　　　　　　4. かえりたくないです

中譯 A「要不要再來一杯呢？」B「因為已經晚了，所以差不多該告辭了。」

解析 「そろそろ失礼します」是「差不多該告辭」的意思。

（　）⑥ しょくじの　とき、みぎの　てで　はしを　もって、

　　　ひだりの　てで　＿＿＿＿を　もちます。

　　　1. ねこ　　　　2. めがね　　　3. ちゃわん　　4. おかし

中譯 用餐的時候，右手拿筷子，左手拿碗。

解析 正確答案「茶碗」（碗），以及選項1「猫」（貓）、選項2「眼鏡」（眼鏡）、選項4「お菓子」（零食），皆為名詞。

（　）⑦ わたしは　いつも　にちようびに　くつを　＿＿＿＿。

　　　1. むきます　　　2. かけます　　　3. みがきます　　4. はきます

中譯 我總是星期天刷鞋子。

解析 正確答案「磨きます」（刷），以及選項1「むきます」（剝）、選項2「かけます」（掛、戴上）、選項4「はきます」（穿鞋、襪），皆為動詞。

（　）⑧ あそこで　タクシーに　_____。

  1. のりました   2. あがりました

  3. つきました   4. でかけました

中譯 在那邊搭了計程車。

解析 選項1「乗<ruby>乗<rt>の</rt></ruby>りました」（搭乘了），選項2「<ruby>上<rt>あ</rt></ruby>がりました」（爬上去了），選項3「<ruby>着<rt>つ</rt></ruby>きました」（抵達了），選項4「<ruby>出<rt>で</rt></ruby>かけました」（外出了），皆為動詞的過去式。因為計程車固定要用動詞「<ruby>乗<rt>の</rt></ruby>ります」（搭乘），所以正確答案為1。

（　）⑨ あついですから、そとに　_____たくないです。

  1. かえり   2. み   3. はいり 4. で

中譯 因為很熱，所以不想出去外面。

解析 選項1「<ruby>帰<rt>かえ</rt></ruby>ります」（回家），選項2「<ruby>見<rt>み</rt></ruby>ます」（看），選項3「<ruby>入<rt>はい</rt></ruby>ります」（進去），選項4「<ruby>出<rt>で</rt></ruby>ます」（外出），皆為動詞。此處運用的文法為「動詞ます形去ます＋たい的否定式」，意為「不想～」。

（　）⑩ ねるまえに　おさけを　_____　のみました。

  1. さんさつ 2. さんばい 3. さんだい 4. さんまい

中譯 睡前喝了三杯酒。

解析 選項1「<ruby>三冊<rt>さんさつ</rt></ruby>」（三冊），選項2「<ruby>三杯<rt>さんばい</rt></ruby>」（三杯），選項3「<ruby>三台<rt>さんだい</rt></ruby>」（三台），選項4「<ruby>三枚<rt>さんまい</rt></ruby>」（三張、三片或三件），均為數量詞。依照句意，只有選項2「<ruby>三杯<rt>さんばい</rt></ruby>」是正確的答案。

もんだい4 ＿＿の　ぶんと　だいたい　おなじ　いみの
　　　　　　ぶんは　どれですか。1・2・3・4から　いちばん
　　　　　　いい　ものを　ひとつ　えらびなさい。

（　）① わたしは　ふとい　えんぴつが　すきです。
　　　　1. せまい　えんぴつは　すきでは　ありません。
　　　　2. おもい　えんぴつは　すきでは　ありません。
　　　　3. かるい　えんぴつは　すきでは　ありません。
　　　　4. ほそい　えんぴつは　すきでは　ありません。

中譯 我喜歡粗的鉛筆。

解析 「狭い」（狹窄的），「重い」（重的），「軽い」（輕的），「細い」（細
的）。所以選項4「我不喜歡細的鉛筆」是正確的答案。

（　）② ときどき　かぞくに　電話を　かけます。
　　　　1. 毎日　かぞくに　電話を　かけます。
　　　　2. いっしゅうかんに　さんかいぐらい　かぞくに　電話を
　　　　　 かけます。
　　　　3. いっかげつに　いっかい　かぞくに　電話を　かけます。
　　　　4. いちねんに　さんかいぐらい　かぞくに　電話を　かけます。

中譯 我有時候會打電話給家人。

解析 「ときどき」（有時候）是頻率副詞，選項3「一個月打一次電話給家
人」是正確的答案。

（　）③ やまだ「わたしの　あねは　りょうりを　おしえて　います」

      1. やまださんの　おばあさんは　りょうりの　せんせいです。

      2. やまださんの　おかあさんは　りょうりの　せんせいです。

      3. やまださんの　おにいさんは　りょうりの　せんせいです。

      4. やまださんの　おねえさんは　りょうりの　せんせいです。

中譯 山田「我的姊姊在教料理。」

解析 「おばあさん」（尊稱自己或他人的奶奶），「おかあさん」（母親的敬稱、令堂），「おにいさん」（哥哥的敬稱、令兄），「おねえさん」（姊姊的敬稱、令姊）。所以選項4「山田先生的姊姊是料理老師」是正確的答案。

（　）④ だんだん　あたたかく　なりました。さくらの　はなも

    いっぱい　さいて　います。

      1. にほんの　はるです。　　　　　2. にほんの　なつです。

      3. にほんの　あきです。　　　　　4. にほんの　ふゆです。

中譯 漸漸變暖和了。櫻花也開得滿滿地。

解析 「春」（春天），「夏」（夏天），「秋」（秋天），「冬」（冬天）。櫻花在春天開，所以選項1「日本的春天」是正確的答案。

（　）⑤ これは　パソコンの　ざっしです。

      1. たいてい　まいにち　ききます。

      2. たいてい　まいにち　のります。

      3. たいてい　まいしゅう　かいます。

      4. たいてい　まいつき　やります。

中譯 這是有關電腦的雜誌。

解析 「聞きます」（聽），「乗ります」（搭乘），「買います」（買），「やります」（做）。所以選項3「大致每個星期買」是正確的答案。

もんだい５　　＿＿＿の　ところに　なにを　いれますか。１・２・
　　　　　３・４から　いちばん　いい　ものを　ひとつ
　　　　　えらびなさい。

（　）① さとうさんは　アメリカ人_____　けっこんしました。

　　　1. と　　　　　　　　2. に　　　　　3. が　　　　　4. で

中譯 佐藤小姐和美國人結婚了。

解析 「對象＋と」，表示一起做動作的人。

（　）② まどが　_____　います。

　　　1. あけて　　　　　2. あいて　　　3. つけて　　　4. ついて

中譯 窗戶開著。

解析 本句用「自動詞て形＋います」，具體陳述所見的狀況。選項1「開け
　　 ます」（門、窗開）是他動詞，不適用本句。選項2「開きます」（開
　　 門、窗），是自動詞，所以為正確答案。選項3「つけます」（點燃）
　　 是他動詞，不適用本句。選項4「つきます」（開電源）雖是自動詞，
　　 但用於電器類產品的開啟，亦不適用本句。

（　）③ _____ながら、タバコを　すっては　いけません。

　　　1. あるく　　　　　2. あるき　　　3. あるいて　　4. あるいた

中譯 不可以邊走邊抽菸。

解析 這一題測驗句型「ながら」的用法，使用「ます形去ます＋ながら」，
　　 表示「一邊～一邊～」，故「歩きます」（走路）去掉ます，變成「歩
　　 き」為正確答案。

（　）④ このみち_____ まっすぐ　いって　ください。

　　　　1. を　　　　　　　2. に　　　　　　3. が　　　　　4. で

中譯 請這條路直走。

解析 這一題測驗助詞的用法，表示經過性質的助詞時，使用「を」。

（　）⑤ こどもが　ねて　いますから、_____ して　ください。

　　　　1. しずか　　　　　2. しずかで　　　3. しずかだ　　4. しずかに

中譯 因為小孩正在睡覺，請安靜。

解析 這一題測驗ナ形容詞的用法，「ナ形容詞＋に＋します」，表示
　　　「讓～變得～」。

（　）⑥ せんしゅう　台湾に　きました。らいしゅうの

　　　　すいようび_____ います。

　　　　1. まで　　　　　　2. で　　　　　　3. か　　　　　4. から

中譯 上個星期來台灣了。待到下星期三為止。

解析 「まで」表示終止點。

（　）⑦ いまは　なに_____ たべたくないです。

　　　　1. は　　　　　　　2. を　　　　　　3. も　　　　　4. で

中譯 現在什麼都不想吃。

解析 這一題測驗助詞的用法，「疑問詞＋も＋否定」，表示全盤否定。

（　）⑧ では、あした_____ あさって　もういちど　電話します。

　　　　1. か　　　　　　　2. に　　　　　　3. が　　　　　4. で

中譯 那麼，明天或後天再打一次電話。

解析 「か」置於二個名詞之間，表示「或者」。

（　）⑨ かぜ_____　がっこうを　やすみました。

　　　　1. を　　　　　　　2. に　　　　　　3. が　　　　　4. で

中譯 因為感冒，所以學校休息。

解析 這裡的「で」用以表示「原因」。

（　）⑩ いっかげつ_____　いっかい　テニスを　します。

　　　　1. を　　　　　　　2. に　　　　　3. が　　　　　4. で

中譯 一個月打一次網球。

解析 「期間＋に＋頻率」，表示「動作的頻率」。

（　）⑪ からだに　わるいですから、おさけは　_____　ください。

　　　　1. のんで　　　　2. のまないで　　3. たべて　　　4. たべても

中譯 因為對身體不好，請不要喝酒。

解析 這一題測驗句型應用，「～ない＋でください」表示「請不要～」。

（　）⑫ きのうは　うちに　_____　何を　しましたか。

　　　　1. かえる　　　　　　　　　2. かえるから

　　　　3. かえって　　　　　　　　4. かえったり

中譯 昨天回家之後，做了什麼？

解析 「動詞て形、～」，表示「動作的順序」。

（　）⑬ このしごとは　かれ_____　たのみましょう。

　　　　1. を　　　　　　　2. に　　　　　3. が　　　　　4. で

中譯 這個工作拜託他吧。

解析 授與動作的對象，助詞要用「に」。

（　）⑭ あなたは　ふじさんに　のぼった_____が　ありますか。

　　　　1. の　　　　　　　2. ほう　　　　3. とき　　　4. こと

中譯 你曾經爬過富士山嗎？

解析 這一題測驗句型應用，「動詞た形＋ことがあります」，表示「有過～經驗」。

（　）⑮ もう　おそいです。＿＿＿＿　でかけましょう。

　　　　1. はやい　　　　　2. はやいに　　　3. はやく　　　　4. はやさ

中譯 已經晚了，快點出門吧。

解析 因為「出かけましょう」（出門吧）是動詞，所以動詞前面應該選擇副詞。「イ形容詞去い＋く」即為「副詞」，所以正確的答案，是由イ形容詞「速い」（快速的）變化而來的「速く」（快速地）。

（　）⑯ 妹は　へや＿＿＿＿　そうじして　います。

　　　　1. を　　　　　　　2. に　　　　　　3. が　　　　　　4. の

中譯 妹妹打掃了房間。

解析 他動詞「掃除します」（打掃）的助詞用「を」，表示打掃的對象是「を」前面的「部屋」（房間）。

もんだい6　　＿＿**★**＿＿に　はいる　ものは　どれですか。1・2・3・4から　いちばん　いい　ものを　ひとつ　えらびなさい。

（　）① A「＿＿＿＿　＿＿＿＿　＿＿**★**＿　＿＿＿＿か」

　　　　 B 「きむらさんです」

　　　　1. です　　　　　　2. は　　　　　　3. あのひと　　4. だれ

中譯 A「那個人是誰？」B「是木村先生。」

解析 正確的排序是「あのひと　は　だれ　ですか」

（　）② あしたは ＿＿＿＿　＿＿＿＿　★　＿＿＿＿。

　　　1. つよい　　　　2. でしょう　　3. あめが　　4. ふる

中譯　明天可能會下大雨吧。

解析　正確的排序是「あしたは　つよい　あめが　ふる　でしょう。」

（　）③ これは　クリスマスに　わたし ＿＿＿＿　＿＿＿＿　★　＿＿＿＿

　　　プレゼントです。

　　　1. が　　　　　　2. に　　　　　3. もらった　　4. ともだち

中譯　這是聖誕節，我從朋友那得到的禮物。

解析　正確的排序是「これは　クリスマスに　わたし　が　ともだち　に
　　　もらった　プレゼントです。」

（　）④ きたないから、＿＿＿＿　＿＿＿＿　★　＿＿＿＿。

　　　1. きれいに　　　　　　　　　2. ください

　　　3. けして　　　　　　　　　　4. けしゴムで

中譯　因為很髒，請用橡皮擦擦乾淨。

解析　正確的排序是「きたないから、けしゴムで　きれいに　けして
　　　ください。」

（　）⑤ きのう、＿＿＿＿　＿＿＿＿　★　＿＿＿＿。

　　　1. 買いに　　　2. 日本語の　　3. 本を　　　4. 行きました

中譯　昨天去買了日語的書。

解析　正確的排序是「きのう、日本語の　本を　買いに　行きました。」

もんだい7　　①　から　　⑤　に　なにを　いれますか。1・
2・3・4から　いちばん　いい　ものを　ひとつ
えらびなさい。

　きむらさんと　マリアさんは　かんげいかいで　じこしょうかいを
します。それで、いま　れんしゅうして　います。

　　木村先生和瑪莉亞小姐，要在歡迎會上自我介紹。所以，現在正
在練習。

（一）

　　はじめまして、きむら　しんいちです。日本（にほん）から　①来（き）ま
した。
　　わたしは　おんがくが　好（す）きです。だから、よく　うたを
ききます。②でも、台湾（たいわん）の　うたは　あまり　知（し）りません。
台湾（たいわん）の　うたも　たくさん　③おぼえたいです。
　　どうぞ　よろしく　おねがいします。

　　初次見面，我是木村新一。來自日本。
　　我喜歡音樂。所以，經常聽歌。可是，我不太知道台灣的
歌。我也想學很多台灣的歌。
　　請多指教。

（二）

みなさん、こんにちは。マリアです。

わたしは　大学で　毎日　中国語を　べんきょうして
います。今は、学校の　ちかくに　兄と　住んで　います。
兄が　いるから、④さびしく　ありません。

わたしは、台湾で　ともだちが　たくさん　ほしいです。
みなさん、⑤うちに　あそびに　来て　ください。

どうぞ　よろしく　おねがいします。

　　　大家午安。我是瑪莉亞。

　　　我每天在大學學習中文。現在和哥哥住在學校附近。因為
有哥哥在，所以不覺得寂寞。

　　　我希望在台灣可以交到很多朋友。大家請來我家玩。

　　　請多指教。

（　）① 1. 行きます　　　　　　　2. 行きました
　　　 3. 来ます　　　　　　　　4. 来ました

中譯　我來自日本。

解析　因為人已經在台灣，所以動詞是「来ます」（來），這邊須選擇過去
　　　式，所以是「来ました」。

（　）② 1. では　　　2. だから　　　3. でも　　　4. それから

中譯　可是我不太知道台灣的歌。

解析　「でも」（可是、但是），屬於逆接。

221

（ ）③ 1. おぼえました　　　　　　2. おぼえたいです

　　　　 3. おぼえて　いました　　　 4. おぼえるからです

中譯 在台灣，我也想學會很多台灣的歌。

解析 「覚えます」（記得、學會）；表示「想要」的句型，使用「動詞ます形
去ます＋たいです」。

（ ）④ 1. さびしく　ありません

　　　　 2. さびしく　ありませんでした

　　　　 3. さびしく　ありませんか

　　　　 4. さびしく　ありませんでしたか

中譯 因為有哥哥在，所以不寂寞。

解析 此處應選擇現在否定式，「寂しくありません」也可用「寂しくないです」
表示。

（ ）⑤ 1. うちに　毎日　行きませんか

　　　　 2. うちで　ともだちと　あそびました

　　　　 3. うちに　あそびに　来て　ください

　　　　 4. うちで　兄と　あそびたいです

中譯 大家請來我家玩。

解析 選項1是「要每天去我家嗎？」選項2是「在家和朋友玩」，選項3是
「請來我家玩」，選項4是「想和哥哥在家玩」。因為前一句提到「想在
台灣交很多朋友」，應該接含有「邀請」之意的句子，所以答案是3。

模擬試題第二回

もんだい1　ぶんの　＿＿の　かんじは　どう　よみますか。
　　　　　1・2・3・4から　いちばん　いい　ものを　ひとつ
　　　　　えらびなさい。

（　）① このりょうりは　野菜と　くだもので　つくりました。
　　　　　1. やざい　　　　2. やさい　　　　3. ゆさい　　　　4. ゆざい

（　）② たんじょうびは　九月九日です。
　　　　　1. ここのか　　　2. くにち　　　　3. きゅうにち 4. ここのつ

（　）③ 火を　けして　ください。
　　　　　1. ひ　　　　　　2. じ　　　　　　3. び　　　　　　4. か

（　）④ うさぎの　目は　赤い。
　　　　　1. かみ　　　　　2. あたま　　　　3. め　　　　　　4. みみ

（　）⑤ 日本の　映画が　好きです。
　　　　　1. えがい　　　　2. えいが　　　　3. えいか　　　　4. えかい

（　）⑥ 図書館で　ほんを　かります。
　　　　　1. どしょかん　　　　　　　　2. としょうかん
　　　　　3. としょうがん　　　　　　　4. としょかん

（　）⑦ 去年　アメリカへ　いきました。
　　　　　1. きょうねん　2. きょねん　　3. こねん　　　　4. さくねん

（　）⑧ <u>世界</u>で　いちばん　おおきい　くには　どこですか。

    1. しがい　　　　2. しかい　　　　3. せがい　　　　4. せかい

（　）⑨ このテストは　<u>難しい</u>です。

    1. むずかしい　　　　　　　　2. むなかしい

    3. むしょしい　　　　　　　　4. むすかしい

（　）⑩ ここに　<u>入って</u>は　いけません。

    1. いれって　　2. はいって　　3. いりって　　4. はえって

（　）⑪ タバコは　<u>吸わない</u>ほうが　いいです。

    1. にわない　　2. いわない　　3. かわない　　4. すわない

（　）⑫ おおきい　<u>声</u>で　うたいましょう。

    1. おん　　　　2. せい　　　　3. こえ　　　　4. おと

もんだい2　つぎの　ぶんの　___の　ことばは　かんじや

        かなで　どう　かきますか。1・2・3・4から

        いちばん　いい　ものを　ひとつ　えらびなさい。

（　）① おいしゃさんに　<u>しつもん</u>を　しました。

    1. 質門　　　　2. 質開　　　　3. 質問　　　　4. 質間

（　）② ちょっと　<u>まって</u>　ください。

    1. 等って　　　2. 待って　　　3. 持って　　　4. 侍って

（　）③ <u>いけ</u>に　さかなが　います。

    1. 渚　　　　2. 湖　　　　3. 池　　　　4. 堤

（　）④ ことばの　いみが　わかりません。

    1. 意味　　　　　2. 意思　　　　　3. 意義　　　　　4. 意図

（　）⑤ でんしゃに　のって、東京駅で　おります。

    1. 換ります　　2. 折ります　　3. 下ります　　4. 降ります

（　）⑥ いっしゅうかんに　いっかい　にほんごを　べんきょう
    します。

    1. 一回　　　　　2. 一次　　　　　3. 一階　　　　　4. 一介

（　）⑦ すみません、しおを　とって　ください。

    1. 砂　　　　　　2. 塩　　　　　　3. 糖　　　　　　4. 酢

（　）⑧ ねこが　ミルクを　のみました。

    1. みるく　　　　2. まるく　　　　3. めるく　　　　4. みろく

**もんだい3　つぎの　ぶんの　＿＿の　ところに　なにを
　　　　　いれますか。1・2・3・4から　いちばん　いい
　　　　　ものを　ひとつ　えらびなさい。**

（　）① にほんの　せいかつには　もう　＿＿＿＿か。

    1. たのしみました　　　　　　　2. なりました

    3. なれました　　　　　　　　　4. あそびました

（　）② 妹は　＿＿＿＿ですから、けいけんが　すくないです。

    1. おもい　　　2. たかい　　　3. ふるい　　　4. わかい

（　）③ あのしんごうを　みぎに　＿＿＿＿　ゆうびんきょくが
    あります。

    1. まわると　　2. まがると　　3. えらぶと　　4. こわすと

（　）④ りょうから　がっこうまでは　三百＿＿＿＿＿ぐらいです。

1. ミリ　　　　　　2. グラム　　　　　3. センチ　　　　　4. メートル

（　）⑤ A「じゃ、また　あした」

B「　＿＿＿＿＿　」

1. ただいま　　　　　　　　　　2. おかげさまで

3. あとで　　　　　　　　　　　4. おやすみなさい

（　）⑥ ＿＿＿＿＿を　ひいて　いるから、かいしゃを　やすみました。

1. けが　　　　　　2. かぜ　　　　　3. びょうき　　　4. せん

（　）⑦ うちに　＿＿＿＿＿ときは　もう　十二じを　すぎて

いました。

1. むいだ　　　　　2. かかった　　　3. けした　　　4. ついた

（　）⑧ おちゃを　＿＿＿＿＿。

1. はいりましょう　　　　　　　2. わきましょう

3. もどりましょう　　　　　　　4. いれましょう

（　）⑨ あのぼうしを　＿＿＿＿＿いる　ひとは　だれですか。

1. かけて　　　　　2. かぶって　　　3. きて　　　　　4. はいて

（　）⑩ えいごが　あまり　＿＿＿＿＿から、がいこくへ　いきたく

ないです。

1. わかりません　　　　　　　　2. わかります

3. わかる　　　　　　　　　　　4. わかった

もんだい４　＿＿の　ぶんと　だいたい　おなじ　いみの
　　　　　　　ぶんは　どれですか。1・2・3・4から　いちばん
　　　　　　　いい　ものを　ひとつ　えらびなさい。

（　　）① ここは　ゆうびんきょくです。

　　　　　1. にほんごの　ほんを　かいに　いきます。

　　　　　2. パンを　かいに　いきます。

　　　　　3. きってを　かいに　いきます。

　　　　　4. くすりを　かいに　いきます。

（　　）② ことしの　ふゆは　あまり　さむくないですね。

　　　　　1. ことしの　ふゆは　あついですね。

　　　　　2. ことしの　ふゆは　すずしいですね。

　　　　　3. ことしの　ふゆは　あたたかいですね。

　　　　　4. ことしの　ふゆは　つめたいですね。

（　　）③ やまだ「すみません、みずを　ください」

　　　　　1. やまださんは　おなかが　すきました。

　　　　　2. やまださんは　のどが　かわきました。

　　　　　3. やまださんは　あたまが　いたいです。

　　　　　4. やまださんは　かみを　きりました。

（　　）④ うちから　がっこうまでは　十分です。

　　　　　1. うちから　がっこうまで　とおいです。

　　　　　2. うちから　がっこうまで　たかいです。

　　　　　3. うちから　がっこうまで　ちかいです。

　　　　　4. うちから　がっこうまで　おそいです。

（　）⑤ なまえを　よびますから、ちょっと　ここで　まって　いて
　　　　 ください。

　　　　 1. このひとは　つくえに　すわります。

　　　　 2. このひとは　いすに　すわります。

　　　　 3. このひとは　まどに　すわります。

　　　　 4. このひとは　ほんだなに　すわります。

もんだい5 　＿＿の　ところに　なにを　いれますか。1・2・
　　　　　　　3・4から　いちばん　いい　ものを　ひとつ
　　　　　　　えらびなさい。

（　）① こんど　いっしょに　えいがを　見に　＿＿＿＿か。

　　　　 1. 行くでしょう　　　　　　　　 2. 行きません

　　　　 3. 行って　です　　　　　　　　 4. 行って　ません

（　）② また、あそび＿＿＿＿　きて　ください。

　　　　 1. は　　　　　 2. に　　　　　 3. を　　　　　 4. か

（　）③ これを　たなかさん＿＿＿＿　わたして　ください。

　　　　 1. で　　　　　 2. を　　　　　 3. に　　　　　 4. と

（　）④ わたしは　せんげつから　妹に　えいごを　＿＿＿＿。

　　　　 1. おしえます　　　　　　　　　 2. おしえました

　　　　 3. おしえて　います　　　　　　 4. おしえたんです

（　）⑤ だれ＿＿＿＿　てつだいに　きますか。

　　　　 1. も　　　　　 2. で　　　　　 3. を　　　　　 4. が

（　）⑥ わたしは　あのひとを　＿＿＿＿。

　　　　1. しません　　　　　　　　　2. して　いません

　　　　3. しりません　　　　　　　　4. しって　いません

（　）⑦ 日本語の　せんせいは　＿＿＿＿　おもしろい　ひとです。

　　　　1. しんせつで　　　　　　　　2. しんせつくて

　　　　3. しんせつと　　　　　　　　4. しんせつだった

（　）⑧ あれは　アメリカへ　＿＿＿＿ひこうきです。

　　　　1. いくの　　　　2. いっての　　　3. いるの　　　4. いく

（　）⑨ わたしは　りょうりが　好きですが、じょうず＿＿＿＿。

　　　　1. ありません　　　　　　　　2. ないです

　　　　3. だったないです　　　　　　4. じゃ　ありません

（　）⑩ あの＿＿＿＿　ひとは　たなかさんです。

　　　　1. ながく　かみの　　　　　　2. かみを　ながく

　　　　3. かみは　ながい　　　　　　4. かみの　ながい

（　）⑪ わたしは　まいにち　五じに　がっこう＿＿＿＿　かえって
　　　　きます。

　　　　1. を　　　　　　2. で　　　　　　3. から　　　　4. に

（　）⑫ このきっては　三まい＿＿＿＿　百五十円です。

　　　　1. で　　　　2. に　　　　3. を　　　　4. と

（　）⑬ きょうは　いちにち＿＿＿＿　あめが　ふって　いました。

　　　　1. かん　　　2. あいだ　　　3. ごろ　　　　4. じゅう

（　）⑭ いま　パソコン＿＿＿＿　いちばん　ほしいです。

　　　　1. の　　　　　　2. が　　　　　3. に　　　　4. から

（　）⑮ つくえの　うえ＿＿＿＿＿　しゃしんが　あります。

   1. で   2. が   3. を   4. に

（　）⑯ A「あなたの　カップは　どっちですか」

   B「＿＿＿＿＿です」

   1. あかいの　ほう   2. もっと　おおきい

   3. あかい　ほう   4. ずっと　おおきい

もんだい6　＿＿★＿＿に　はいる　ものは　どれですか。1・2・
　　　　　3・4から　いちばん　いい　ものを　ひとつ
　　　　　えらびなさい。

（　）① A「＿＿＿＿　＿＿＿＿　＿＿★＿　＿＿＿＿か」

   B「あそこです」

   1. どこ   2. トイレ 3. です 4. は

（　）② うちの　まえに、＿＿＿＿　＿＿＿＿　＿＿★＿　＿＿＿＿。

   1. くろい   2. とまりました

   3. にだい   4. くるまが

（　）③ これは　＿＿＿＿　＿＿＿＿　＿＿★＿　＿＿＿＿　しゃしんです。

   1. とった 2. の   3. とき   4. りょこう

（　）④ アメリカ　＿＿＿＿　＿＿＿＿　＿＿★＿　＿＿＿＿　ありますか。

   1. こと   2. へ   3. いった 4. が

（　）⑤ ＿＿＿＿　＿＿＿＿　＿＿★＿　＿＿＿＿。

   1. あにと   2. はなしました

   3. でんわで   4. きのう

もんだい7　　①　　から　　⑤　　に　なにを　いれますか。1・
2・3・4から　いちばん　いい　ものを　ひとつ
えらびなさい。

　リンさんは　台湾の　りゅうがくせいで、日本で　べんきょう
して　います。毎日　日記を　書いて　います。

（一）

3月27日（土）、晴れ。
　きょう　ビール工場へ　見学に　行きました。学校の
前で　バスに　のって、三十分ぐらい　　①　　。
　工場は　大きかったです。そして、きれいでした。ビール
の　作り方は　とても　おもしろかったです。　　②　　、
みんなで　いっしょに　ビールを　飲みました。
おいしかったです。
　きょうは　　③　　。

（二）

> 3月28日（日）、雨。
>
> 　きょう　友だちと　お花見を　したかったです。でも、雨
> だったから、＿＿④＿＿。
>
> 　午前中は　うちで　掃除を　したり、テレビを　見たり
> しました。午後は　台湾の　家族に　電話を　かけて、
> 母と　話しました。
>
> 　あした、テストが　ありますから、これから　＿＿⑤＿＿。
> では、また。

（　　）① 1. 行きました　　　　　　　　 2. 行きます

　　　　　 3. かかりました　　　　　　　 4. かかります

（　　）② 1. では　　　　 2. しかし　　　 3. でも　　　 4. それから

（　　）③ 1. たのしい　一日でした

　　　　　 2. たのしいの　一日でした

　　　　　 3. たのし　一日でした

　　　　　 4. たのしいな　一日でした

（　　）④ 1. どこにも　いきます

　　　　　 2. どこにも　いきませんでした

　　　　　 3. どこにも　いきません

　　　　　 4. どこにも　いきました

（　）⑤ 1. あそばなければ　なりません

2. たべなければ　なりません

3. うたわなければ　なりません

4. べんきょうしなければ　なりません

模擬試題第二回　解答

もんだい1　① 2　　② 1　　③ 1　　④ 3　　⑤ 2
　　　　　　　⑥ 4　　⑦ 2　　⑧ 4　　⑨ 1　　⑩ 2
　　　　　　　⑪ 4　　⑫ 3

もんだい2　① 3　　② 2　　③ 3　　④ 1　　⑤ 4
　　　　　　　⑥ 1　　⑦ 2　　⑧ 1

もんだい3　① 3　　② 4　　③ 2　　④ 4　　⑤ 4
　　　　　　　⑥ 2　　⑦ 4　　⑧ 4　　⑨ 2　　⑩ 1

もんだい4　① 3　　② 3　　③ 2　　④ 3　　⑤ 2

もんだい5　① 2　　② 2　　③ 3　　④ 3　　⑤ 4
　　　　　　　⑥ 3　　⑦ 1　　⑧ 4　　⑨ 4　　⑩ 4
　　　　　　　⑪ 3　　⑫ 1　　⑬ 4　　⑭ 2　　⑮ 4
　　　　　　　⑯ 3

もんだい6　① 1　　② 3　　③ 3　　④ 1　　⑤ 1

もんだい7　① 3　　② 4　　③ 1　　④ 2　　⑤ 4

模擬試題第二回　中譯及解析

もんだい1　ぶんの　＿＿＿の　かんじは　どう　よみますか。
　　　　　1・2・3・4から　いちばん　いい　ものを　ひとつ
　　　　　えらびなさい。

（　）① このりょうりは　野菜と　くだもので　つくりました。
　　　　　1. やざい　　　　2. やさい　　　　3. ゆさい　　　　4. ゆざい
中譯 這料理是蔬菜和水果做成的。
解析 「野菜」（蔬菜）是名詞。其餘選項為不存在的字。這句的助詞「で」
　　　用來表示「原料」。

（　）② たんじょうびは　九月九日です。
　　　　　1. ここのか　　　2. くにち　　　　3. きゅうにち　4. ここのつ
中譯 生日是九月九日。
解析 正確答案「九日」（九日）是名詞，選項4「九つ」則是「九個」。選
　　　項2和選項3為不存在的字。

（　）③ 火を　けして　ください。
　　　　　1. ひ　　　　　　2. じ　　　　　　3. び　　　　　　4. か
中譯 請熄火。
解析 「火」（火）是名詞，另外「蚊」是「蚊子」的意思，但這不是N5範圍
　　　的字彙。

235

（　）④ うさぎの 目は 赤い。

　　　　1. かみ　　　　　　2. あたま　　　　3. め　　　　　4. みみ

中譯 兔子的眼睛是紅的。

解析 正確答案「目」是名詞，意思是「眼睛」。此外，選項1「髪」是「頭髮」；選項2「頭」是「頭」；選項4「耳」是「耳朵」。

（　）⑤ 日本の 映画が 好きです。

　　　　1. えがい　　　　　2. えいが　　　　3. えいか　　　　4. えかい

中譯 喜歡日本電影。

解析 這一題測驗名詞「映画」（電影）的讀音，「画」的讀音是濁音「が」。

（　）⑥ 図書館で ほんを かります。

　　　　1. どしょかん　　　　　　　　2. としょうかん

　　　　3. としょうがん　　　　　　　4. としょかん

中譯 在圖書館借書。

解析 這一題測驗名詞「図書館」（圖書館）的讀音，要注意這個字的發音都沒有濁音或長音。

（　）⑦ 去年 アメリカへ いきました。

　　　　1. きょうねん　　　2. きょねん　　　3. こねん　　　4. さくねん

中譯 去年去了美國。

解析 「去年」（去年）是名詞。要注意漢字「去」的唸法沒有長音。

（　）⑧ 世界で いちばん おおきい くには どこですか。

　　　　1. しがい　　　　　2. しかい　　　　3. せがい　　　　4. せかい

中譯 世界上最大的國家是哪裡呢？

解析 正確答案選項4「世界」（世界）是名詞。其餘選項「市外」（市區之外）、「司会」（司儀），亦皆為名詞。「せがい」則是不存在的字。

（　）⑨ このテストは　<ruby>難<rt>むずか</rt></ruby>しいです。

　　　　1. むずかしい　　　　　　　2. むなかしい

　　　　3. むしょしい　　　　　　　4. むすかしい

中譯 這個考試很難。

解析 「<ruby>難<rt>むずか</rt></ruby>しい」（困難的）是イ形容詞，這裡用來修飾後面的「テスト」（考試）。其餘選項為不存在的字。

（　）⑩ ここに　<ruby>入<rt>はい</rt></ruby>っては　いけません。

　　　　1. いれって　　　2. はいって　　　3. いりって　　　4. はえって

中譯 這裡不可以進入。

解析 「<ruby>入<rt>はい</rt></ruby>って」是動詞「<ruby>入<rt>はい</rt></ruby>ります」的て形，運用「～てはいけません」的句型，表示「禁止」的意思。

（　）⑪ タバコは　<ruby>吸<rt>す</rt></ruby>わないほうが　いいです。

　　　　1. にわない　　　2. いわない　　　3. かわない　　　4. すわない

中譯 不要抽菸比較好。

解析 本題除了測驗漢字的讀音，同時也使用了「<ruby>吸<rt>す</rt></ruby>います」（吸）的「ない形」接續「～ほうがいい」，表示「勸告」的句型。

（　）⑫ おおきい　<ruby>声<rt>こえ</rt></ruby>で　うたいましょう。

　　　　1. おん　　　　2. せい　　　　3. こえ　　　　4. おと

中譯 大聲唱歌吧！

解析 「<ruby>声<rt>こえ</rt></ruby>」是「人或動物發出的聲音」。「東西等非生物」發出的則是「<ruby>音<rt>おと</rt></ruby>」。

もんだい 2　つぎの　ぶんの　＿＿の　ことばは　かんじや

かなで　どう　かきますか。1・2・3・4から

いちばん　いい　ものを　ひとつ　えらびなさい。

（　）① おいしゃさんに　しつもんを　しました。

1. 質門　　　　　　2. 質開　　　　　　3. 質問　　　　　4. 質間

中譯 向醫生提問了。

解析 「質問」（問題），是名詞。其餘選項為不存在的字。

（　）② ちょっと　まって　ください。

1. 等って　　　　2. 待って　　　　3. 持って　　　　4. 侍って

中譯 請等一下。

解析 「待って」是動詞「待ちます」的て形，「等待」的意思。

（　）③ いけに　さかなが　います。

1. 渚　　　　　　2. 湖　　　　　　3. 池　　　　　　4. 堤

中譯 池子裡面有魚。

解析 「池」（池子）、「渚」（水邊）、「湖」（湖）、「堤」（堤防），這些都
是跟水有關的名詞，其中「池」屬於N5範圍，其他皆是中、高級程度
的字彙。

（　）④ ことばの　いみが　わかりません。

1. 意味　　　　　2. 意思　　　　　3. 意義　　　　　4. 意図

中譯 字的意思不懂。

解析 本題考相似詞的辨識，「意味」（意思）、「意思」（想法、心意）、「意
義」（意義）、「意図」（目的），根據文意，只有選項1符合。

（　）⑤ でんしゃに　のって、東京駅で　おります。

　　　1. 換ります　　　　2. 折ります　　　　3. 下ります　　　4. 降ります

中譯 搭上電車，在東京車站下車。

解析 正確答案選項4「降ります」（下車）是第二類動詞，還需記住另一個
　　　漢字雷同的動詞「降ります」（下雨）屬於第一類動詞。其餘選項中，
　　　選項2「折ります」是「折斷」。選項3「下ります」也有「下」的意
　　　思，但只是「從高處下來」，並非從交通工具下來。選項1「換りま
　　　す」則是不存在的字。

（　）⑥ いっしゅうかんに　いっかい　にほんごを　べんきょうします。

　　　1. 一回　　　　　　2. 一次　　　　　　3. 一階　　　　　4. 一介

中譯 一個星期學習一次日語。

解析 本題考同音字，「一回」是「一次」，「一階」則是「一樓」的意思。
　　　其餘為不存在的用法。

（　）⑦ すみません、しおを　とって　ください。

　　　1. 砂　　　　　　　2. 塩　　　　　　　3. 糖　　　　　　4. 酢

中譯 不好意思，請幫我拿鹽。

解析 本題考漢字讀音，「砂」（沙子）、「塩」（鹽）、「砂糖」（糖）、「酢」
　　　（醋），皆為名詞。

（　）⑧ ねこが　ミルクを　のみました。

　　　1. みるく　　　　　2. まるく　　　　　3. めるく　　　　4. みろく

中譯 貓喝了牛奶。

解析 「ミルク」（牛奶），另一個同意字是「牛乳」。其餘選項為不存在的
　　　字。

もんだい3 つぎの ぶんの ＿＿の ところに なにを
　　　　　 いれますか。1・2・3・4から いちばん いい
　　　　　 ものを ひとつ えらびなさい。

（　）① にほんの せいかつには もう ＿＿＿＿か。
　　　　 1. たのしみました　　　　　　 2. なりました
　　　　 3. なれました　　　　　　　　 4. あそびました

中譯 已經習慣日本的生活了嗎？

解析 「もう＋動詞的過去式」表示「已經〜」。正確答案選項3「慣れました」（習慣了）是動詞「慣れます」（習慣）的過去式。其他選項中，選項1「楽しみました」（期待了）是動詞「楽しみます」（期待）的過去式；選項2「なりました」（變成了）是動詞「なります」（變成）的過去式；選項4「遊びました」（遊玩了）是動詞「遊びます」（遊玩）的過去式。

（　）② 妹は ＿＿＿＿ですから、けいけんが すくないです。
　　　　 1. おもい　　　 2. たかい　　　 3. ふるい　　　 4. わかい

中譯 舍妹還年輕，所以經驗少。

解析 「若い」（年輕的），「重い」（重的），「高い」（高的、貴的），「古い」（舊的），皆為イ形容詞。

（　）③ あのしんごうを みぎに ＿＿＿＿ ゆうびんきょくが あります。
　　　　 1. まわると　　　 2. まがると　　　 3. えらぶと　　　 4. こわすと

中譯 那個紅綠燈一右轉，就有郵局。

解析 「曲がります」是「轉彎」的意思，「曲がる」是其辭書形。句型「〜と〜」翻成「一〜就〜」。其他選項「回ります」（旋轉）、「選びます」（選擇）、「壊します」（毀壞）等動詞的辭書形，則屬於中、高級的範圍。

（　）④ りょうから　がっこうまでは　三百^{さんびゃく}＿＿＿＿＿ぐらいです。

1. ミリ　　　　　2. グラム　　　　3. センチ　　　　4. メートル

中譯 從宿舍到學校約三百公尺。

解析 本題測驗外來語的單位用法：「メートル」（公尺），「ミリ」（公
釐），「グラム」（公克），「センチ」（公分）。

（　）⑤ Ａ「じゃ、また　あした」

Ｂ「＿＿＿＿＿」

1. ただいま　　　　　　　　2. おかげさまで

3. あとで　　　　　　　　　4. おやすみなさい

中譯 Ａ「那麼明天見。」Ｂ「晚安。」

解析 正確答案「おやすみなさい」除了「晚安」以外，也可用於「晚上的
道別」。其餘選項中，選項1「ただいま」為「到家了」；選項2「お
かげさまで」為「託您的福」；選項3「後^{あと}で」是「之後」，不是完整
的句子，必須改成「じゃ、また後^{あと}で」才有「那麼，晚點見」的意思，
所以正確答案是4。

（　）⑥ ＿＿＿＿＿を　ひいて　いるから、かいしゃを　やすみました。

1. けが　　　　2. かぜ　　　　3. びょうき　　4. せん

中譯 因為感冒，所以向公司請了假。

解析 「風邪^{かぜ}をひきます」是「感冒」的意思，本句進一步使用了「～ています」
的句型，表示「感冒的狀況依然持續著」。

（　）⑦ うちに　＿＿＿＿＿ときは　もう　十二^{じゅうに}じを　すぎて　いました。

1. むいだ　　　　2. かかった　　　3. けした　　　4. ついた

中譯 到家的時候，已經過了十二點了。

解析 「～に着^つきます」表示「抵達某地」的意思，本題也應用了句型「動詞
た形＋とき」表示「前後動作同時發生」。句尾的「すぎます」的意思
是「超過」。

241

（　）⑧ おちゃを _____ 。

    1. はいりましょう　　　　　　2. わきましょう

    3. もどりましょう　　　　　　4. いれましょう

中譯 泡茶吧！

解析 「お茶を入れます」是「泡茶」的意思，這邊用「～ましょう」是「～吧！」的口氣。選項1「入りましょう」為「進去吧」；選項2「沸きましょう」為「沸騰吧」；選項3「戻りましょう」為「回去吧」，所以正確答案是4。

（　）⑨ あのぼうしを _____ いる ひとは だれですか。

    1. かけて　　　　2. かぶって　　　3. きて　　　　4. はいて

中譯 那個戴帽子的人是誰？

解析 正確答案「かぶります」是「戴帽子」的「戴」。選項1「かけます」也是「戴」，不過是「戴眼鏡」。選項3「着ます」是「穿（上半身或大衣、洋裝）」。選項4「はきます」則是指「穿（下半身和鞋子）」。

（　）⑩ えいごが あまり _____ から、がいこくへ いきたくないです。

    1. わかりません　2. わかります　3. わかる　　4. わかった

中譯 因為不太懂英語，所以不想去國外。

解析 「あまり＋否定」表示「不太～」，只有選項1是否定，所以是正確的答案。

もんだい4　＿＿の　ぶんと　だいたい　おなじ　いみの

　　　　　ぶんは　どれですか。1・2・3・4から　いちばん

　　　　　いい　ものを　ひとつ　えらびなさい。

（　）① ここは　ゆうびんきょくです。

　　　　1. にほんごの　ほんを　かいに　いきます。

　　　　2. パンを　かいに　いきます。

　　　　3. きってを　かいに　いきます。

　　　　4. くすりを　かいに　いきます。

中譯 這裡是郵局。

解析 選項1是「去買日語書」，選項2是「去買麵包」，選項3是「去買郵
票」，選項4是「去買藥」。

（　）② ことしの　ふゆは　あまり　さむくないですね。

　　　　1. ことしの　ふゆは　あついですね。

　　　　2. ことしの　ふゆは　すずしいですね。

　　　　3. ことしの　ふゆは　あたたかいですね。

　　　　4. ことしの　ふゆは　つめたいですね。

中譯 今年的冬天不太冷。

解析 選項1「暑い」是「炎熱的」；選項2「涼しい」是「涼爽的」；選項3
「暖かい」是「溫暖的」；選項4「冷たい」則是「冰涼的」，這個字不
可以用來形容天氣。所以正確答案是3。

（　）③ やまだ「すみません、みずを　ください」

　　　　1. やまださんは　おなかが　すきました。

　　　　2. やまださんは　のどが　かわきました。

　　　　3. やまださんは　あたまが　いたいです。

　　　　4. やまださんは　かみを　きりました。

| 中譯 | 山田「不好意思，請給我水。」 |

解析 選項1是「肚子餓了」；選項2是「喉嚨渴了」；選項3是「頭痛」；選項4是「頭髮剪了」。所以正確答案是2。

（ ）④ うちから　がっこうまでは　十分(じゅっぷん)です。

　　　　1. うちから　がっこうまで　とおいです。

　　　　2. うちから　がっこうまで　たかいです。

　　　　3. うちから　がっこうまで　ちかいです。

　　　　4. うちから　がっこうまで　おそいです。

中譯 從家到學校十分鐘。

解析 選項1「遠(とお)い」是「遠的」；選項2「高(たか)い」是「高的或貴的」；選項3「近(ちか)い」是「近的」；選項4「遅(おそ)い」是「慢的」。所以正確答案是3。

（ ）⑤ なまえを　よびますから、ちょっと　ここで　まって　いて

　　　　ください。

　　　　1. このひとは　つくえに　すわります。

　　　　2. このひとは　いすに　すわります。

　　　　3. このひとは　まどに　すわります。

　　　　4. このひとは　ほんだなに　すわります。

中譯 因為會叫名字，請在這邊等一下。

解析 選項1是「坐在桌上」；選項2是「坐在椅子上」；選項3是「坐在窗戶上」；選項4是「坐在書架上」。所以正確答案是2。

もんだい5　＿＿の　ところに　なにを　いれますか。1・2・
　　　　3・4から　いちばん　いい　ものを　ひとつ
　　　　えらびなさい。

（　）① こんど　いっしょに　えいがを　見に　＿＿＿か。
　　　　1. 行くでしょう　　　　　　　2. 行きません
　　　　3. 行って　です　　　　　　　4. 行って　ません

中譯 下次一起去看電影嗎？

解析 使用句型「～ませんか」來「邀約對方」。

（　）② また、あそび＿＿＿　きて　ください。
　　　　　1. は　　　　　2. に　　　　　3. を　　　　　4. か

中譯 請再來玩。

解析 「動詞ます形去ます＋に」，表示此行的「意圖、目的」。

（　）③ これを　たなかさん＿＿＿　わたして　ください。
　　　　　1. で　　　　　2. を　　　　　3. に　　　　　4. と

中譯 請將這個交給田中先生。

解析 「授與對象＋に」，表示「互動的對象」。

（　）④ わたしは　せんげつから　妹に　えいごを　＿＿＿。
　　　　　1. おしえます　　　　　　　　2. おしえました
　　　　　3. おしえて　います　　　　　4. おしえたんです

中譯 我上個月開始，教妹妹英語。

解析 「～ています」，表示「持續、反覆的動作」。

245

（　）⑤ だれ_____ てつだいに きますか。

    1. も   2. で   3. を   4. が

中譯 誰要來幫忙嗎？

解析 本題考「疑問詞＋が〜」句型。使用「疑問詞」當「主詞」時，助詞
須用「が」，藉以強調所問的東西。

（　）⑥ わたしは あのひとを _____。

    1. しません   2. して いません

    3. しりません   4. しって いません

中譯 我不認識那個人。

解析 「知ります」（認識）的否定是「知りません」，沒有「知っていませ
ん」的用法。

（　）⑦ 日本語の せんせいは _____ おもしろい ひとです。

    1. しんせつで   2. しんせつくて

    3. しんせつと   4. しんせつだった

中譯 日語老師是親切又有趣的人。

解析 本題考的是ナ形容詞「親切」（親切的）的連接，規則為「ナ形容詞＋
で＋形容詞」。另外，イ形容詞的連接型式則是「イ形容詞去い＋くて
＋形容詞」。

（　）⑧ あれは アメリカへ _____ひこうきです。

    1. いくの   2. いっての   3. いるの   4. いく

中譯 那是往美國的飛機。

解析 「アメリカへ行く」整句，修飾後面的名詞「飛行機」（飛機），中間不
可再加「の」。

（　）⑨ わたしは　りょうりが　好<ruby>す</ruby>きですが、じょうず_____。

　　　1. ありません　　　　　　　　2. ないです

　　　3. だったないです　　　　　　4. じゃ　ありません

中譯 我雖喜歡做菜，但不擅長。

解析 因為句中用逆接的「が」，所以後面要用相反立場的「不擅長」。ナ形
　　容詞的否定表現方式是「ナ形容詞＋じゃありません」，所以正確答案
　　是4。

（　）⑩ あの_____　ひとは　たなかさんです。

　　　1. ながく　かみの　　　　　　2. かみを　ながく

　　　3. かみは　ながい　　　　　　4. かみの　ながい

中譯 那個長頭髮的人，是田中先生。

解析 「髪<ruby>かみ</ruby>の長<ruby>なが</ruby>い」（長頭髮）形容後面的「人<ruby>ひと</ruby>」（人），形成一個大的名詞句
　　子「髪<ruby>かみ</ruby>の長<ruby>なが</ruby>い人<ruby>ひと</ruby>」（長頭髮的人），「あの」（那個）再加上這個大名詞
　　句子「あの髪<ruby>かみ</ruby>の長<ruby>なが</ruby>い人<ruby>ひと</ruby>」（那個長頭髮的人）成為本句的主語。

（　）⑪ わたしは　まいにち　五<ruby>ご</ruby>じに　がっこう_____　かえって
　　　きます。

　　　1. を　　　　　2. で　　　　　3. から　　　4. に

中譯 我每天五點，從學校回家。

解析 「名詞＋から」，名詞表示「起始點」，翻成「從～」。

（　）⑫ このきっては　三<ruby>さん</ruby>まい_____　百五十円<ruby>ひゃくごじゅうえん</ruby>です。

　　　1. で　　　　　2. に　　　　　3. を　　　　4. と

中譯 這郵票三張，共一百五十日圓。

解析 「數量＋で」，表示「全部、總共」。

（　）⑬ きょうは　いちにち_____　あめが　ふって　いました。

　　　　1. かん　　　　　2. あいだ　　　　3. ごろ　　　　4. じゅう

中譯 今天一整天都下著雨。

解析 正確答案選項4「中」，表示「～之中」。而漢字相同、讀音相似的
「中」則表示「正在～」。其餘選項中，選項1「間」是用來表示時間
的數量，例如「三時間」（三個小時）；選項2「間」則是用來表示兩
者之間，例如「林さんと王さんの間にいる人は山田さんです。」（在
林先生和王先生中間的人是山田先生。）；選項3「頃」（大約～左右）
其前面必須是時間，例如「三時頃」（大約三點左右）。

（　）⑭ いま　パソコン_____　いちばん　ほしいです。

　　　　1. の　　　　　　2. が　　　　　3. に　　　　　4. から

中譯 現在最想要個人電腦。

解析 「～がほしい」，表示「想要～」，「一番」是「最～」。

（　）⑮ つくえの　うえ_____　しゃしんが　あります。

　　　　1. で　　　　　　2. が　　　　　3. を　　　　　4. に

中譯 桌子上面有照片。

解析 「場所＋に」，表示「物體存在的場所」。

（　）⑯ A「あなたの　カップは　どっちですか」

　　　　B「_____です」

　　　　1. あかいの　ほう　　　　　　　　2. もっと　おおきい

　　　　3. あかい　ほう　　　　　　　　　4. ずっと　おおきい

中譯 A「你的杯子是哪一個呢？」B「紅色的那一個。」

解析 「ほう」是指「那方（邊）」，所以這句意思是「紅色的那邊」。

もんだい6　＿＿★＿＿に　はいる　ものは　どれですか。1・2・
　　　　　3・4から　いちばん　いい　ものを　ひとつ
　　　　　えらびなさい。

（　）① A「＿＿＿＿　＿＿＿＿　＿＿★＿　＿＿＿＿　か」
　　　　　B「あそこです」
　　　　　1. どこ　　　　　　2. トイレ　　　　3. です　　　　4. は
　　中譯　A「廁所在哪裡？」B「在那裡。」
　　解析　正確的排序是「トイレ　は　どこ　です　か」

（　）② うちの　まえに、＿＿＿＿　＿＿＿＿　＿＿★＿　＿＿＿＿。
　　　　　1. くろい　　　　　2. とまりました　3. にだい　　　4. くるまが
　　中譯　我家前面停了二台黑色的車子。
　　解析　正確的排序是「うちの　まえに、くろい　くるまが　にだい
　　　　　とまりました。」

（　）③ これは　＿＿＿＿　＿＿＿＿　＿＿★＿　＿＿＿＿　しゃしんです。
　　　　　1. とった　　　　2. の　　　　　　3. とき　　　　4. りょこう
　　中譯　這是旅行時拍的照片
　　解析　正確的排序是「これは　りょこう　の　とき　とった　しゃしん
　　　　　です。」

（　）④ アメリカ　＿＿＿＿　＿＿＿＿　＿＿★＿　＿＿＿＿　ありますか。
　　　　　1. こと　　　　　2. へ　　　　　　3 いった　　　　4. が
　　中譯　有去過美國嗎？
　　解析　正確的排序是「アメリカへ　いった　こと　が　ありますか。」

（　）⑤ ＿＿＿＿ ＿＿＿＿ ＿★＿＿ ＿＿＿＿。

　　　　1. あにと　　　　　2. はなしました　3. でんわで　　4. きのう

中譯 昨天在電話中和家兄說過了。

解析 正確的排序是「きのう　でんわで　あにと　はなしました。」

もんだい7 ＿①＿ から ＿⑤＿ に 何を 入れますか。1・2・
　　　　　　3・4から　いちばん　いい　ものを　ひとつ
　　　　　　えらびなさい。

　リンさんは　台湾の　りゅうがくせいで、日本で　べんきょう
して　います。毎日　日記を　書いて　います。

　　林同學是台灣的留學生，正在日本唸書。每天都寫日記。

（一）

3月27日（土）、晴れ。
　　きょう　ビール工場へ　見学に　行きました。学校の
前で　バスに　のって、三十分ぐらい　①かかりました。
　　工場は　大きかったです。そして、きれいでした。
ビールの　作り方は　とても　おもしろかったです。②それ
から、みんなで　いっしょに　ビールを　飲みました。
おいしかったです。
　　きょうは　③たのしい　一日でした。

三月二十七日（星期六）、晴天。

　　今天去參觀啤酒工廠。在學校前面搭公車，花了約三十分鐘。

　　工廠很大。而且很乾淨。啤酒的製作方法非常有趣。然後大家一起喝了啤酒。真是好喝。

　　今天真是快樂的一天。

（二）

３月　２８日（日）、雨。

　　きょう　友だちと　お花見を　したかったです。でも、雨だったから、④どこにも　いきませんでした。

　　午前中は　うちで　掃除を　したり、テレビを　見たりしました。午後は　台湾の　家族に　電話を　かけて、母と　話しました。

　　あした、テストが　ありますから、これから　⑤べんきょうしなければ　なりません。では、また。

三月二十八日（星期日）、雨天。

　今天本來想和朋友去賞花。可是因為下雨，所以哪裡都沒有去。

　上午在家掃掃除、看看電視。下午，打電話給台灣的家人，和母親說了話。

　明天還有考試，所以現在開始不唸書不行。再見。

（　）① 1. 行きました　　　　　　　2. 行きます

　　　 3. かかりました　　　　　　4. かかります

中譯 在學校前面搭公車，花了約三十分鐘。

解析「かかります」是「花費（金錢、時間）」的意思。

（　）② 1. では　　　2. しかし　　　3. でも　　　4. それから

中譯 然後，大家一起喝了啤酒。

解析 選項2和3的「しかし」和「でも」都是逆接，「但是、可是」的意思；選項1「では」是「那麼」；選項4「それから」是「然後、接著」的意思。所以正確答案是4。

（　）③ 1. たのしい　一日でした

　　　 2. たのしいの　一日でした

　　　 3. たのし　一日でした

　　　 4. たのしいな　一日でした

中譯 今天真是快樂的一天。

解析「楽しい」是イ形容詞，直接用來修飾後面的「一日」，不需要加「の」或是「な」。

（　）④ 1. どこにも　いきます

　　　　 2. どこにも　いきませんでした

　　　　 3. どこにも　いきません

　　　　 4. どこにも　いきました

中譯 今天本來想和朋友去賞花。可是因為下雨，所以哪裡都沒有去。

解析 「疑問詞＋も＋否定」表示「全盤否定」。

（　）⑤ 1. あそばなければ　なりません

　　　　 2. たべなければ　なりません

　　　　 3. うたわなければ　なりません

　　　　 4. べんきょうしなければ　なりません

中譯 明天還有考試，所以現在開始不唸書不行。

解析 「ない形去い＋ければなりません」表示「不～不行」。

模擬試題第三回

もんだい1　ぶんの　＿＿の　かんじは　どう　よみますか。
　　　　　1・2・3・4から　いちばん　いい　ものを　ひとつ
　　　　　えらびなさい。

（　）① まいにち　八百屋で　くだものを　かいます。
　　　　1. よおや　　　　2. やおや　　　　3. はおや　　　4. はよや

（　）② このかばんは　1600円です。
　　　　1. せんろくはやくえん　　　　　　2. せんろっぴゃくえん
　　　　3. せんろくびゃくえん　　　　　　4. せんろぴゃくえん

（　）③ つくえの　下に　ねこが　います。
　　　　1. うみ　　　　　2. じた　　　　3. うえ　　　　4. した

（　）④ あの喫茶店で　コーヒーを　のみましょう。
　　　　1. きっさでん　　　　　　　　2. きつさてん
　　　　3. きっさてん　　　　　　　　4. きつさでん

（　）⑤ ちちに　もらった　とけいを　たいせつに　使って
　　　　います。
　　　　1. つかって　　　2. えかって　　　3. おわって　　　4. とまって

（　）⑥ あのだいがくは　とても　有名です。
　　　　1. ゆめい　　　　2. ようめい　　　3. ゆうめい　　　4. よめい

（　）⑦ <u>今朝</u>　しちじに　おきました。

　　　　1. おさ　　　　　　2. けさ　　　　　　3. あさ　　　　　4. くさ

（　）⑧ <u>一人</u>で　びょういんへ　いきました。

　　　　1. ふたり　　　　　2. ひとり　　　　　3. ひとつ　　　　4. ふたつ

（　）⑨ シャワーを　<u>浴びて</u>から、かいしゃへ　いきます。

　　　　1. あびて　　　　　2. わびて　　　　　3. さびて　　　　　4. かびて

（　）⑩ ゆうべ　はが　<u>痛くて</u>、ぜんぜん　ねられませんでした。

　　　　1. うれくて　　　2. はやくて　　　3. いたくて　　　4. とおくて

（　）⑪ だいがくを　そつぎょうしたあと、にほんへ　<u>留学</u>したい
　　　　です。

　　　　1. にゅがく　　　　　　　　　2. りゅがく

　　　　3. にゅうがく　　　　　　　　4. りゅうがく

（　）⑫ これから　にほんごの　<u>授業</u>です。

　　　　1. じゅうぎょう　　　　　　　2. じゅぎょう

　　　　3. さんぎょう　　　　　　　　4. じぎょう

もんだい2　つぎの　ぶんの　＿＿＿の　ことばは　かんじや
　　　　　　かなで　どう　かきますか。1・2・3・4から
　　　　　　いちばん　いい　ものを　ひとつ　えらびなさい。

（　）① にほんごは　まだ　<u>へた</u>です。

　　　　1. 手下　　　　　2. 下手　　　　　3. 手田　　　　　4. 下田

（　）② <u>あに</u>は　八時に　おきます。

　　　　1. 妹　　　　　　2. 兄　　　　　　3. 姉　　　　　　4. 娘

（　）③ あのデパートに　はいって　みましょう。

1. でぽおと　　　2. だぱあと　　　3. だぼおと　　4. でぱあと

（　）④ にほんじんは　はるに　なると　はなみを　たのしみます。

1. 花日　　　　　2. 花美　　　　　3. 花見　　　　4. 花火

（　）⑤ ほんやで　おもしろい　ほんを　かいました。

1. 書店　　　　　2. 本屋　　　　　3. 書屋　　　　4. 本店

（　）⑥ としょかんは　かようびから　にちようびまで　あいて
います。

1. 空いて　　　　2. 開いて　　　　3. 明いて　　　4. 啓いて

（　）⑦ ようじが　おわるまで、まって　いて　ください。

1. 幼時　　　　　2. 幼児　　　　　3. 用字　　　　4. 用事

（　）⑧ こんげつの　はつかに　しあいが　あります。

1. 二日　　　　　2. 二十日　　　　3. 八日　　　　4. 四日

**もんだい3　つぎの　ぶんの　＿＿＿の　ところに　なにを　
いれますか。1・2・3・4から　いちばん　いい　
ものを　ひとつ　えらびなさい。**

（　）① うちの　ちかくに　コンビニが　＿＿＿＿、とても
べんりに　なりました。

1. たおれて　　　2. やって　　　　3. できて　　　4. おいて

（　）② ここで　しゃしんを　＿＿＿＿　いいですか。

1. すわっても　2. とっても　　3. まわっても　4. わっても

（　）③　たいへん　つかれたでしょう。ゆっくり　＿＿＿＿

ください。

　　　1. やすんで　　2. あそんで　　3. ならって　　4. はしって

（　）④　メールは　まだ　＿＿＿＿して　いません。

　　　1. レポート　　2. ノート　　　3. チェック　　4. ボタン

（　）⑤　A「あねが　らいげつ　けっこんします」

　　　B「　＿＿＿＿　」

　　　1. いいでしょうね　　　　　2. よろしいでしょうね

　　　3. よくないでしょうね　　　4. よかったですね

（　）⑥　ちちは　まいにち　よる　＿＿＿＿　かえります。

　　　1. やすく　　　2. とおく　　3. おそく　　4. おもく

（　）⑦　ひこうきが　そらを　＿＿＿＿　います。

　　　1. はしって　　　　　　　2. あるいて

　　　3. とんで　　　　　　　　4. さんぽして

（　）⑧　にちようび、いっしょに　やまに　＿＿＿＿。

　　　1. はいりましょう　　　　2. のぼりましょう

　　　3. わたりましょう　　　　4. いれましょう

（　）⑨　このこうえんは　ひとが　すくなくて　＿＿＿＿です。

　　　1. にぎやか　　2. じょうず　　3. しずか　　4. ひま

（　）⑩　このへやは　＿＿＿＿が　はいって　いて

あたたかいです。

　　　1. れいぼう　　2. クーラー　　3. でんき　　4. だんぼう

もんだい４ ＿＿の ぶんと だいたい おなじ いみの
　　　　　 ぶんは どれですか。１・２・３・４から いちばん
　　　　　 いい ものを ひとつ えらびなさい。

（　）① ことばの いみが わかりません。
　　　　 1. すみません、けしごむを かして ください。
　　　　 2. すみません、じしょを かして ください。
　　　　 3. すみません、めがねを かして ください。
　　　　 4. すみません、とけいを かして ください。

（　）② コーヒーに さとうを たくさん いれました。
　　　　 1. コーヒーが つまらなく なりました。
　　　　 2. コーヒーが おもしろく なりました。
　　　　 3. コーヒーが にがく なりました。
　　　　 4. コーヒーが あまく なりました。

（　）③ マリア「いってきます」
　　　　 1. マリアさんは これから でかけます。
　　　　 2. マリアさんは これから しょくじします。
　　　　 3. マリアさんは これから ねます。
　　　　 4. マリアさんは これから べんきょうします。

（　）④ ほんが いっぱい ならんで います。
　　　　 1. これは ごみばこです。　　 2. これは おしいれです。
　　　　 3. これは ひきだしです。　　 4. これは ほんだなです。

（　）⑤ わたしは　おととい　びじゅつかんへ　いきました。

　　　　1. わたしは　にねんまえに　びじゅつかんへ　いきました。

　　　　2. わたしは　にしゅうかんまえに　びじゅつかんへ
　　　　　　いきました。

　　　　3. わたしは　ふつかまえに　びじゅつかんへ　いきました。

　　　　4. わたしは　にかげつまえに　びじゅつかんへ
　　　　　　いきました。

もんだい5 　　　の　ところに　なにを　いれますか。1・2・
　　　　　　　3・4から　いちばん　いい　ものを　ひとつ
　　　　　　　えらびなさい。

（　）① コーヒーと　こうちゃと　　　　　ですか。

　　　　1. なんの　ほう　　　　　　　　2. どの　いい

　　　　3. どっちの　ほう　　　　　　　4. どちらが　いい

（　）② やすみは　あした　　　　　おわります。

　　　　1. から　　　　2. に　　　　3. を　　　　4. で

（　）③ あした　　　　　レポートを　ださなければ　いけません。

　　　　1. まで　　　2. までに　　　3. に　　　4. と

（　）④ おかねが　あまり　ないから、　　　　　いいです。

　　　　1. かわないほうが　　　　　　2. かうほうが

　　　　3. かったほうが　　　　　　　4. かって　ほうが

（　）⑤ にほんごは　むずかしいです　　　　　、おもしろいです。

　　　　1. も　　　　2. で　　　　3. を　　　　4. が

（　）⑥ うんてんちゅうは　でんわを　_____。

    1. かけては　いけません

    2. かけなくても　いいです

    3. かけなくては　いけません

    4. かけたほうが　いいです

（　）⑦ このくすりは　のみかたが　かいて　_____。

    1. いってます　　2. おきます　　3. あります　　4. きます

（　）⑧ いままで　さしみを　_____ことが　ありません。

    1. たべて　　　　2. たべる　　　3. たべ　　　　4. たべた

（　）⑨ きょう　なんじ_____　うちへ　かえりますか。

    1. しか　　　　　2. ごろ　　　　3. ぐらい　　　4. だけ

（　）⑩ ピアノを　_____、うたいます。

    1. ひいたり　　2. ひくと　　　3. ひきながら　4. ひきたい

（　）⑪ れいぞうこの　なかに　たべものが　なに_____
　　　　ありません。

    1. を　　　　　　2. も　　　　　3. で　　　　　4. か

（　）⑫ よく　せっけん_____　てを　あらって　ください。

    1. で　　　　　　2. に　　　　　3. を　　　　　4. と

（　）⑬ あたらしい　シャツを　ちょっと　_____。

    1. きて　いって　　　　　　2. きて　おいて

    3. きて　あって　　　　　　4. きて　みて

（　）⑭　きのうは　あまり　＿＿＿＿　です。

1. あつくなかった　　　　　2. あついじゃ　ない

3. あつくない　　　　　　　4. あついじゃ　なかった

（　）⑮　きのうの　ばん　四じかん＿＿＿＿　ねませんでした。

1. だけ　　　　　2. まで　　　　　3. ごろ　　　　　4. しか

（　）⑯　A「おさけを　のみますか」

　　　　B「いいえ、おさけ＿＿＿＿　のみません」

1. が　　　　　　2. は　　　　　3. を　　　　　4. も

もんだい6　＿＿★＿＿に　はいる　ものは　どれですか。1・2・
　　　　　　3・4から　いちばん　いい　ものを　ひとつ
　　　　　　えらびなさい。

（　）①　＿＿＿＿　＿＿＿＿　＿＿＿＿　＿★＿＿。

1. おくれました　　　　　　2. でんしゃが

3. あめで　　　　　　　　　4. けさ

（　）②　わたしは　＿＿＿＿　＿＿＿＿　＿★＿＿　＿＿＿＿。

1. やさしい　　　2. かれの　　　3. ところが　　　4. すきだ

（　）③　わたしは　＿＿＿＿　＿＿＿＿　＿★＿＿　＿＿＿＿。

1. かって　　　　2. あねに　　　3. かばんを　　　4. もらった

（　）④　おうさんは　＿＿＿＿　＿＿＿＿　＿★＿＿　＿＿＿＿　です。

1. うえ　　　　　　　　　　2. さんにん

3. いちばん　　　　　　　　4. きょうだいの

（　）⑤ ＿＿＿　＿＿＿　＿★＿　＿＿＿。
　　　　1. くすりの　　2. ください　　3. のみかたを　4. おしえて

もんだい7　＿①＿から　＿⑤＿に　なにを　いれますか。1・
　　　　　2・3・4から　いちばん　いい　ものを　ひとつ
　　　　　えらびなさい。

　まちださんと　やまださんは　いい　ともだちです。よく
はがきを　出します。こんかいは　なつやすみの　よていを
はなして　います。

（一）

　まちだへ
　　げんき？
　　こんどの　なつやすみは　なにを　する　よてい？うちへ
あそびに　こないか。＿①＿、やまに　のぼったり、＿②＿
およいだり、おもしろいよ。
　　じゃ、また。

　　　　　　　　　　　　　　　　　　　　　　　　　　やまだ

（二）

> やまだへ
>
> 　はがき、ありがとう。＿＿③＿＿、わたしは　げんきだよ。
> なつやすみ、やまだの　うちへ　あそびに　いきたい。
> とかいの　せいかつは　いそがしくて　つかれるよ。
> 　＿＿④＿＿　やまだに　とても　あいたい。
> 　＿＿⑤＿＿まえに　電話を　する。たのしみに　していて！
>
> 　　　　　　　　　　　　　　　　　　　　　　まちだ

（　）①　1. いなかだけど　　　　　　2. まちだけど

　　　　3. こうえんだけど　　　　4. としだけど

（　）②　1. やまで　　　　　　　　2. かわで

　　　　3. きの　うえで　　　　　4. いわで

（　）③　1. こっちこそ　　　　　　2. すみません

　　　　3. おかげさまで　　　　　4. どういたしまして

（　）④　1. でも　　　　2. それから　　3. ですから　　4. それに

（　）⑤　1. くる　　　　2. きた　　　　3. いく　　　　4. いた

模擬試題第三回　解答

もんだい1 ① 2　② 2　③ 4　④ 3　⑤ 1
⑥ 3　⑦ 2　⑧ 2　⑨ 1　⑩ 3
⑪ 4　⑫ 2

もんだい2 ① 2　② 2　③ 4　④ 3　⑤ 2
⑥ 2　⑦ 4　⑧ 2

もんだい3 ① 3　② 2　③ 1　④ 3　⑤ 4
⑥ 3　⑦ 3　⑧ 2　⑨ 3　⑩ 4

もんだい4 ① 2　② 4　③ 1　④ 4　⑤ 3

もんだい5 ① 4　② 4　③ 2　④ 1　⑤ 4
⑥ 1　⑦ 3　⑧ 4　⑨ 2　⑩ 3
⑪ 2　⑫ 1　⑬ 4　⑭ 1　⑮ 4
⑯ 2

もんだい6 ① 1　② 3　③ 1　④ 3　⑤ 4

もんだい7 ① 1　② 2　③ 3　④ 4　⑤ 3

模擬試題第三回　中譯及解析

もんだい１　ぶんの ＿＿＿の かんじは どう よみますか。１・
　　　　　　２・３・４からいちばん いい ものを ひとつ
　　　　　　えらびなさい。

（　）① まいにち 八百屋で くだものを かいます。
　　　　　　1. よおや 　　　　2. やおや 　　　　3. はおや 　　　4. はよや

中譯 每天在蔬果店買水果。

解析 正確答案「八百屋」（蔬菜店）是名詞。其餘選項為不存在的字。這句
　　　的「で」用來表示「動作發生的場所」。

（　）② このかばんは 1600円です。
　　　　　　1. せんろくはやくえん 　　　　2. せんろっぴゃくえん
　　　　　　3. せんろくびゃくえん 　　　　4. せんろぴゃくえん

中譯 這包包是一千六百日圓。

解析 「一千」通常省略「一」，直接唸做「千」，「六百」有音變，請注
　　　意！

（　）③ つくえの 下に ねこが います。
　　　　　　1. うみ 　　　　2. じた 　　　　3. うえ 　　　4. した

中譯 桌子下面有隻貓。

解析 句型「場所＋に＋～が＋存在動詞」用來表示人或事物存在的場所。
　　　本句因為「猫」（貓）是生物，所以動詞是「います」。

265

（　）④ あの喫茶店で　コーヒー を　のみましょう。

    1. きっさでん　　　　　　　　　2. きつさてん

    3. きっさてん　　　　　　　　　4. きつさでん

中譯 在那間咖啡廳喝咖啡吧！

解析 「喫茶店」（咖啡廳），名詞。這句測驗考生有沒有注意到促音。助詞
「で」用來表示「動作發生的場所」。

（　）⑤ ちちに　もらった　とけいを　たいせつに　使って　います。

    1. つかって　　　2. えかって　　　3. おわって　　　4. とまって

中譯 很珍惜地使用從家父那邊得到的手錶。

解析 「使って」是動詞「使います」的て形，「使用」的意思。「大切」（重
要、珍惜）是ナ形容詞，以「ナ形容詞＋に」修飾動詞。

（　）⑥ あのだいがくは　とても　有名です。

    1. ゆめい　　　　　2. ようめい　　　3. ゆうめい　　　4. よめい

中譯 那間大學非常有名。

解析 「有名」（有名的）是ナ形容詞。其餘選項為不存在的字。

（　）⑦ 今朝　しちじに　おきました。

    1. おさ　　　　　　2. けさ　　　　　3. あさ　　　　4. くさ

中譯 今天早上七點起床了。

解析 「今朝」（今天早上）是名詞，因為是已經經過的時間，所以後面一定
要接過去式。

（　）⑧ 一人で　びょういんへ　いきました。

    1. ふたり　　　　　2. ひとり　　　　3. ひとつ　　　4. ふたつ

中譯 自己一個人去了醫院。

解析 「一人」（一個人）是名詞，以「數量＋で」表示「總共～」的意思。
此外，選項1「二人」是「二個人」；選項3「一つ」是「一個」；選
項4「二つ」是「二個」。

（　）⑨ シャワーを　浴びてから、かいしゃへ　いきます。

　　　　1. あびて　　　　2. わびて　　　　3. さびて　　　　4. かびて

中譯 沖澡之後，緊接著去上班。

解析 「シャワーを浴びます」是「沖澡」；「泡澡」則是「お風呂に入ります」。

（　）⑩ ゆうべ　はが　痛くて、ぜんぜん　ねられませんでした。

　　　　1. うれくて　　　2. はやくて　　　3. いたくて　　　4. とおくて

中譯 昨晚牙齒痛，完全睡不著。

解析 「痛い」（痛的）是イ形容詞，在這邊用「イ形容詞去い＋くて」作為「イ形容詞的連接」。

（　）⑪ だいがくを　そつぎょうしたあと、にほんへ　留学したいです。

　　　　1. にゅがく　　　　　　　　2. りゅがく

　　　　3. にゅうがく　　　　　　　4. りゅうがく

中譯 大學畢業之後，想去日本留學。

解析 「留学」（留學）是名詞。「動詞た形＋あと」表示「～之後」。

（　）⑫ これから　にほんごの　授業です。

　　　　1. じゅうぎょう　2. じゅぎょう　　3. さんぎょう　　4. じぎょう

中譯 接下來是日語課。

解析 本題測驗考生對名詞「授業」（講課）的讀音，長音的地方需要特別注意。

もんだい2　つぎの　ぶんの＿＿の　ことばは　かんじや
　　　　　かなで　どう　かきますか。1・2・3・4から
　　　　　いちばん　いい　ものを　ひとつ　えらびなさい。

（　）① にほんごは　まだ　へたです。

　　　　1. 手下　　　　　2. 下手　　　　3. 手田　　　　4. 下田

中譯 日語還不擅長。

解析 「下手」（不擅長）是ナ形容詞。

（　）② あには　八時に　おきます。

　　　　1. 妹　　　　　　2. 兄　　　　　3. 姉　　　　　4. 娘

中譯 家兄八點起床。

解析 這一題測驗考生對家人稱謂的熟悉度，「妹」是「舍妹」；「姉」是「家姉」；「娘」是「女兒」。

（　）③ あのデパートに　はいって　みましょう。

　　　　1. でぽおと　　　2. だぱあと　　3. だぼおと　　4. でぱあと

中譯 進去那間百貨公司看看吧！

解析 「デパート」（百貨公司）是名詞。其餘選項為不存在的字。

（　）④ にほんじんは　はるに　なると　はなみを　たのしみます。

　　　　1. 花日　　　　　2. 花美　　　　3. 花見　　　　4. 花火

中譯 日本人一到了春天，就很期待賞花。

解析 用「～と～」表示「一～就～」。正確答案選項3「花見」是「賞花」。其餘選項中，「花火」是「煙火」；「花日」和「花美」則無此語彙。

（　）⑤ ほんやで　おもしろい　ほんを　かいました。

　　　　1. 書店　　　　　　2. 本屋　　　　　3. 書屋　　　　　4. 本店

中譯　在書店買了有趣的書。

解析　正確答案選項2「本屋」（書店）是名詞。其餘選項中，「書店」也是
　　　中文「書店」的意思之一，不過本字不屬N5範圍，唸法亦不相同。選
　　　項4「本店」是「本店」的意思。選項3「書屋」則無此用法。

（　）⑥ としょかんは　かようびから　にちようびまで　あいて　います。

　　　　1. 空いて　　　　　2. 開いて　　　　3. 明いて　　　　4. 啓いて

中譯　圖書館從星期二到星期日都開著。

解析　「開きます」（開），是動詞。本題進一步應用了「動詞て形＋います」
　　　的句型，表示「持續的狀態」。「空いて」（空的）；「明いて」（張
　　　開、拉開）；「啓いて」則無此用法。

（　）⑦ ようじが　おわるまで、まって　いて　ください。

　　　　1. 幼時　　　　　　2. 幼児　　　　　3. 用字　　　　　4. 用事

中譯　事情辦完為止，請稍候。

解析　正確答案選項4「用事」是「事情」。其餘選項「幼時」（孩提時代）、
　　　「幼児」（幼兒）、「用字」（用字）發音雖然相同，但與本題語意不合。

（　）⑧ こんげつの　はつかに　しあいが　あります。

　　　　1. 二日　　　　　　2. 二十日　　　　3. 八日　　　　　4. 四日

中譯　這個月的二十日有比賽。

解析　「二十日」（二十日）是名詞；另外有一相關詞「二十歳」（二十歲）也
　　　是名詞，二者都是特殊的唸法，出題頻率也很高，請務必背誦記憶。
　　　除此之外，「二日」、「二つ」等，和「二」相關的語彙，唸法也需多
　　　加留意。

もんだい3　つぎの　ぶんの＿＿の　ところに　なにを
　　　　　　いれますか。1・2・3・4から　いちばん　いい
　　　　　　ものを　ひとつ　えらびなさい。

（　）① うちの　ちかくに　コンビニが　＿＿＿＿、とても　べんりに
　　　なりました。
　　　　　1. たおれて　　　　2. やって　　　　3. できて　　　4. おいて
中譯 家裡附近有了便利商店，變得非常方便。
解析 「できて」是動詞「できます」的て形（變化方式請參照第三單元），
　　　表示「有」或「設立」。「倒れて」（倒塌）、「やって」（做）、「置い
　　　て」（放置），皆為動詞て形。

（　）② ここで　しゃしんを　＿＿＿＿　いいですか。
　　　　　1. すわっても　　　2. とっても　　　3. まわっても　　4. わっても
中譯 這邊可以拍照嗎？
解析 「写真を撮ります」是「拍照」的意思。「動詞て形＋もいいですか」
　　　表示「請求許可」，意為「～也可以嗎？」。「座って」（坐）、「回っ
　　　て」（旋轉）、「割って」（割開），皆為動詞て形。其中「回って」、
　　　「割って」並不屬於N5範圍。

（　）③ たいへん　つかれたでしょう。ゆっくり　＿＿＿＿　ください。
　　　　　1. やすんで　　　　2. あそんで　　　3. ならって　　　4. はしって
中譯 非常累了吧！請慢慢地休息。
解析 「動詞普通體＋でしょう」表示「推測」。「動詞て形＋ください」表
　　　示「請～」。「休んで」（休息）、「遊んで」（遊玩）、「習って」（學
　　　習）、「走って」（跑步），皆為動詞て形。

（　）④ メールは　まだ　＿＿＿＿＿して　いません。

　　　　1. レポート　　　　2. ノート　　　　3. チェック　　　4. ボタン

中譯　尚未檢查郵件。

解析　「まだ＋動詞的否定式」表示「尚未～」。「チェック」（檢查）、「レポート」（報告）、「ノート」（筆記本）、「ボタン」（按鈕、釦子），依照文意，只有選項3才是正誰答案。

（　）⑤ A「あねが　らいげつ　けっこんします」

　　　　B「＿＿＿＿＿」

　　　　1. いいでしょうね　　　　　　2. よろしいでしょうね

　　　　3. よくないでしょうね　　　　4. よかったですね

中譯　A「家姊下個月結婚。」B「太好了。」

解析　「よい」是イ形容詞，「よかった」是「よい」的過去式，表示「太好了」。イ形容詞過去式的變化方式為「イ形容詞去い＋かった」。

（　）⑥ ちちは　まいにち　よる　＿＿＿＿＿　かえります。

　　　　1. やすく　　　　2. とおく　　　　3. おそく　　　　4. おもく

中譯　我的父親每天很晚回家。

解析　本題測驗副詞的用法，「イ形容詞去い＋く」變成「副詞」，可以修飾後面的動詞「帰<ruby>か<rt></rt></ruby>ります」（回家）。

（　）⑦ ひこうきが　そらを　＿＿＿＿＿　います。

　　　　1. はしって　　　　　　　　2. あるいて

　　　　3. とんで　　　　　　　　　4. さんぽして

中譯　飛機在天上飛。

解析　「經過地＋を」，表示「經由～地點」，常用的動詞有「散歩<ruby>さんぽ<rt></rt></ruby>します」（散步）、「飛<ruby>と<rt></rt></ruby>びます」（飛）、「通<ruby>とお<rt></rt></ruby>ります」（通過）……等。

（　）⑧ にちようび　いっしょに　やまに　_____。

　　　1. はいりましょう　　　　　　　　2. のぼりましょう

　　　3. わたりましょう　　　　　　　　4. いれましょう

中譯 星期天一起去爬山吧！

解析 正確答案選項2「山に登りましょう」是「爬山吧」的意思。其餘選項
「入りましょう」是「進去吧」；「渡りましょう」是「渡過吧」；
而「入れましょう」則是「放進去吧」。

（　）⑨ このこうえんは　ひとが　すくなくて　_____です。

　　　1. にぎやか　　　　2. じょうず　　　3. しずか　　　4. ひま

中譯 這個公園人很少，很安靜。

解析 正確答案選項3「静か」（安靜）是ナ形容詞。其餘選項「にぎやか」
（熱鬧）、「上手」（擅長）、「ひま」（空閒），皆為ナ形容詞。

（　）⑩ このへやは　_____が　はいって　いて　あたたかいです。

　　　1. れいぼう　　　　2. クーラー　　　3. でんき　　　4. だんぼう

中譯 這房間有暖氣開著，很溫暖。

解析 正確答案「暖房」是「暖氣」的意思。選項1、2的「冷房」和「クー
ラー」，都是「冷氣」的意思；選項3「電気」則是「電燈」或「電
力」的意思。

もんだい4 ＿＿の　ぶんと　だいたい　おなじ　いみの
　　　　　　ぶんは　どれですか。1・2・3・4から　いちばん
　　　　　　いい　ものを　ひとつ　えらびなさい。

（　）① ことばの　いみが　わかりません。
　　　　　　1. すみません、けしごむを　かして　ください。
　　　　　　2. すみません、じしょを　かして　ください。
　　　　　　3. すみません、めがねを　かして　ください。
　　　　　　4. すみません、とけいを　かして　ください。

中譯 不懂字的意思。

解析 選項1「不好意思，請借我橡皮擦」；選項2「不好意思，請借我字典」；選項3「不好意思，請借我眼鏡」；選項4「不好意思，請借我手錶」。根據語意，必須選擇2。

（　）② コーヒーに　さとうを　たくさん　いれました。
　　　　　　1. コーヒーが　つまらなく　なりました。
　　　　　　2. コーヒーが　おもしろく　なりました。
　　　　　　3. コーヒーが　にがく　なりました。
　　　　　　4. コーヒーが　あまく　なりました。

中譯 咖啡加進了很多砂糖。

解析 選項1「咖啡變無聊了」；選項2「咖啡變有趣了」；選項3「咖啡變苦了」；選項4「咖啡變甜了」。只有選項4才是正常的答案。

（　）③ マリア「いってきます」
　　　　　　1. マリアさんは　これから　でかけます。
　　　　　　2. マリアさんは　これから　しょくじします。
　　　　　　3. マリアさんは　これから　ねます。
　　　　　　4. マリアさんは　これから　べんきょうします。

中譯 瑪莉亞「我走了」。

解析 選項1「瑪莉亞小姐現在要出門」；選項2「瑪莉亞小姐現在要用餐」；選項3「瑪莉亞小姐現在要睡覺」；選項4「瑪莉亞小姐現在要唸書」。所以正確答案是1。「いってきます」（我要出門了）是日本人出門時常說的招呼用語，回答則是「いってらっしゃい」（小心慢走），請讀者務必記得。

（ ）④ ほんが いっぱい ならんで います。

　　　1. これは　ごみばこです。

　　　2. これは　おしいれです。

　　　3. これは　ひきだしです。

　　　4. これは　ほんだなです。

中譯 排列了很多書。

解析 選項1「這是垃圾桶」；選項2「這是壁櫥」；選項3「這是抽屜」；選項4「這是書架」。所以正確答案是4。

（ ）⑤ わたしは　おととい　びじゅつかんへ　いきました。

　　　1. わたしは　にねんまえに　びじゅつかんへ　いきました。

　　　2. わたしは　にしゅうかんまえに　びじゅつかんへ　いきました。

　　　3. わたしは　ふつかまえに　びじゅつかんへ　いきました。

　　　4. わたしは　にかげつまえに　びじゅつかんへ　いきました。

中譯 我前天去了美術館。

解析 選項1「我二年前去了美術館」；選項2「我二週前去了美術館」；選項3「我二天前去了美術館」；選項4「我二個月前去了美術館」。所以正確答案是3。本題測驗考生是否知道「おととい」（前天）的意思，另外，「前年」的日語是「おととし」，讀者可一併記得。

もんだい5　____の　ところに　なにを　いれますか。1・2・
　　　　　　3・4から　いちばん　いい　ものを　ひとつ
　　　　　　えらびなさい。

（　）① コーヒーと　こうちゃと　_____ですか。

　　　 1. なんの　ほう　　　　　　　2. どの　いい

　　　 3. どっちの　ほう　　　　　　4. どちらが　いい

中譯 咖啡和紅茶，哪一種好呢？

解析 日語疑問詞中，「二選一」的時候，要用「どちら」；「三個選項以上」
　　 的時候，則用「どれ」。

（　）② やすみは　あした_____　おわります。

　　　 1. から　　　　　2. に　　　　　3. を　　　　　4. で

中譯 休假到明天為止。

解析 「で」表示「期限」的意思。

（　）③ あした_____　レポートを　ださなければ　いけません。

　　　 1. まで　　　　2. までに　　　3. に　　　　4. と

中譯 明天之前不交報告不行。

解析 「までに」意思是「～之前」，表示「瞬間動作」發生的時間點。「まで」
　　 （～為止）則用於需要一段時間才可以完成的動作，例如「休みます」
　　 （休息）、「勉強します」（唸書）、「働きます」（工作）等動詞。

（　）④ おかねが　あまり　ないから、_____　いいです。

　　　 1. かわないほうが　　　　　　2. かうほうが

　　　 3. かったほうが　　　　　　　4. かって　ほうが

中譯 因為沒什麼錢，還是別買比較好。

解析 「動詞ない形＋ほうがいい」是用來表示「勸告」的句型，「不要～比
　　 較好」的意思。

275

（　）⑤ にほんごは　むずかしいです＿＿＿＿、おもしろいです。

　　　　1. も　　　　　　　2. で　　　　　　　3. を　　　　　　4. が

中譯 日語雖然難，可是很有趣。

解析 「が」表示逆接，意為「雖然～但是～」，用於前後二句的立場相反。

（　）⑥ うんてんちゅうは　でんわを　＿＿＿＿＿。

　　　　1. かけては　いけません

　　　　2. かけなくても　いいです

　　　　3. かけなくては　いけません

　　　　4. かけたほうが　いいです

中譯 駕駛中不可以打電話。

解析 選項1「不可以打」，用「動詞て形＋はいけません」表示「禁止～」；選項2「不打也沒有關係」，用「動詞ない形＋てもいいです」表示「不～也可以」；選項3「不可以不打」，用「動詞ない形＋てはいけません」表示「不可以不～」；選項4「打比較好」，用「動詞た形＋ほうがいいです」表示「～比較好」。所以正確答案為1。

（　）⑦ このくすりは　のみかたが　かいて　＿＿＿＿＿。

　　　　1. いってます　　　2. おきます　　　3. あります　　　4. きます

中譯 這個藥有寫服用方法。

解析 「動詞て形＋あります」表示「有目的的保留狀態」。

（　）⑧ いままで　さしみを　＿＿＿＿＿ことが　ありません。

　　　　1. たべて　　　　　2. たべる　　　　3. たべ　　　　4. たべた

中譯 至今為止，沒有吃過生魚片。

解析 「動詞た形＋ことがあります」表示「經驗」。

（　）⑨ きょう　なんじ＿＿＿＿　うちへ　かえりますか。

　　　　1. しか　　　　　2. ごろ　　　　　3. ぐらい　　　　4. だけ

中譯 今天幾點左右回家呢？

解析 選項1「しか」是「只有～」的意思，後面必須接續否定。選項4「だけ」也是「只有」的意思，後面接續肯定。選項1和4語意均不對，所以不是正確答案。而選項2「頃」和選項3「位」雖然都是「大約、左右」的意思，但「時間＋頃」、「數量＋位」是固定用法，所以正確答案是2。

（　）⑩ ピアノを　＿＿＿＿＿、うたいます。

　　　　1. ひいたり　　　2. ひくと　　　　3. ひきながら　　4. ひきたい

中譯 一邊彈鋼琴，一邊唱歌。

解析 「動詞ます形去ます＋ながら」表示「一邊～一邊～」。所以要將「ひきます」（彈）去掉ます，再加上「ながら」，才是正確答案。

（　）⑪ れいぞうこの　なかに　たべものが　なに＿＿＿＿＿　ありません。

　　　　1. を　　　　　　2. も　　　　　　3. で　　　　　　4. か

中譯 冰箱裡面沒有任何的食物。

解析 「疑問詞＋も＋否定」，表示「全盤否定」。

（　）⑫ よく　せっけん＿＿＿＿＿　てを　あらって　ください。

　　　　1. で　　　　　　2. に　　　　　　3. を　　　　　　4. と

中譯 請好好用肥皂洗手。

解析 這裡的「で」表示「方法、手段」。

（　）⑬ あたらしい　シャツを　ちょっと　＿＿＿＿＿。

    1. きて　いって　　　　　　　　2. きて　おいて

    3. きて　あって　　　　　　　　4. きて　みて

中譯 新襯衫稍微穿看看。

解析 「動詞て形＋みる」表示「～看看」的意思。

（　）⑭ きのうは　あまり　＿＿＿＿＿　です。

    1. あつくなかった　　　　　　　2. あついじゃない

    3. あつくない　　　　　　　　　4. あついじゃなかった

中譯 昨天不太熱。

解析 本題有個重點需要注意，首先是「あまり＋否定」的用法，因此答案一定是否定型態。再者是要測驗「イ形容詞的變化」，由於是「昨日」（きのう）（昨天），所以必須使用過去否定，也就是「イ形容詞去い＋くなかった」，所以正確答案1。選項3只有單純否定，缺乏過去式的表現，所以不適用。剩下的選項都是不存在的。

（　）⑮ きのうの　ばん　四じかん＿＿＿＿＿　ねませんでした。

    1. だけ　　　　　2. まで　　　　　3. ごろ　　　　　4. しか

中譯 昨天晚上只睡四個小時。

解析 「只有」的表現方式有二種，「しか＋否定」或是「だけ＋肯定」。因為句尾為「寝ませんでした」（ね）（沒有睡），所以答案只能選擇4「しか」。

（　）⑯ A「おさけを　のみますか」

    B「いいえ、おさけ＿＿＿＿＿　のみません」

    1. が　　　　　　　2. は　　　　　　　3. を　　　　　　　4. も

中譯 A「喝酒嗎？」B「不，酒不喝。」

解析 這裡的「は」是強調的意思。

もんだい6 　　★　　に　はいる　ものは　どれですか。1・2・3・
　　　　　4から　いちばん　いい　ものを　ひとつ　えらび
　　　　　なさい。

（　）① ＿＿＿＿　＿＿＿＿　＿＿＿＿　　★　　。

　　　　1. おくれました　　2. でんしゃが　　3. あめで　　　4. けさ

中譯 今天早上，電車因為下雨遲了。

解析 正確的排序是「けさ　でんしゃが　あめで　おくれました。」

（　）② わたしは　＿＿＿＿　＿＿＿＿　　★　　＿＿＿＿。

　　　　1. やさしい　　　　2. かれの　　　　3. ところが　　4. すきだ

中譯 我喜歡他溫柔的地方。

解析 正確的排序是「わたしは　かれの　やさしい　ところが　すきだ。」

（　）③ わたしは　＿＿＿＿　＿＿＿＿　　★　　＿＿＿＿。

　　　　1. かって　　　　2. あねに　　　　3. かばんを　　4. もらった

中譯 我讓姊姊買包包給我。

解析 正確的排序是「わたしは　あねに　かばんを　かって　もらった。」

（　）④ おうさんは　＿＿＿＿　＿＿＿＿　　★　　＿＿＿＿　です。

　　　　1. うえ　　　　　　　　　　2. さんにん

　　　　3. いちばん　　　　　　　　4. きょうだいの

中譯 王先生是三人兄弟中的老大。

解析 正確的排序是「おうさんは　さんにん　きょうだいの　いちばん
　　うえ　です。」

（　）⑤ ＿＿＿ ＿＿＿ ＿★＿ ＿＿＿。
　　　　　　1. くすりの　　　2. ください　　　3. のみかたを　4. おしえて

中譯 請告訴我服藥的方法。

解析 正確的排序是「くすりの　のみかたを　おしえて　ください。」

- -

もんだい7 　①　から　⑤　に　なにを　いれますか。1・
　　　　　　2・3・4から　いちばん　いい　ものを　ひとつ
　　　　　　えらびなさい。

　　まちださんと　やまださんは　いい　ともだちです。よく
はがきを　出します。こんかいは　なつやすみの　よていを
はなして　います。

　　町田先生和山田先生是好朋友。經常寄送明信片。這次正談論著
暑假的預定計畫。

（一）

　　まちだへ
　　　げんき？
　　　こんどの　なつやすみは　なにを　する　よてい？うちへ
あそびに　こないか。①いなかだけど、やまに　のぼったり、
②かわで　およいだり、おもしろいよ。
　　　じゃ、また。

　　　　　　　　　　　　　　　　　　　　　　　　　　　やまだ

給町田

　　你好嗎？

　　這次的暑假有什麼預定的計畫？要不要來我家玩呢？雖然
是鄉下，爬爬山、或是在河裡游游泳，很好玩喔！

　　那麼，再連絡喔！

　　　　　　　　　　　　　　　　　　　　　　　山田

（二）

やまだへ

　　はがき、ありがとう。③おかげさまで、わたしは　げんき
だよ。

　　なつやすみに、やまだの　うちへ　あそびに　いきたい。
　　とかいの　せいかつは　いそがしくて　つかれるよ。
④それに　やまだに　とても　あいたい。
　　⑤いくまえに　電話を　する。たのしみに　していて！
　　　　　　　　　　　　　　　　　　　　　　　まちだ

給山田

　　謝謝你的明信片。託您的福，我很好喔。

　　暑假我想去山田的家玩。

　　都會的生活很忙、好累喔。而且很想見山田。

　　去之前會打電話。敬請期待！

　　　　　　　　　　　　　　　　　　　　　　　町田

（　）① 1. いなかだけど　　　　　　　　2. まちだけど

　　　　　3. こうえんだけど　　　　　　　4. としだけど

中譯 雖然是鄉下，爬爬山、或是在河裡游游泳，很好玩喔！

解析 「だけど」意為「雖然～但是～」。選項2是「城鎮」，選項3是「公園」，選項4是「都市」，所以根據語意應該選擇選項1「鄉下」。

（　）② 1. やまで　　　　2. かわで　　　3. きの　うえで 4. いわで

中譯 雖然是鄉下，爬爬山、或是在河裡游游泳，很好玩喔！。

解析 因為後面的動詞是「泳ぐ」（游泳），所以只能選擇選項2「在河裡」。其餘選項中，選項1是「在山裡」，選項3是「在樹上」，選項4則是「在岩石上」。

（　）③ 1. こっちこそ　　　　　　　　　2. すみません

　　　　　3. おかげさまで　　　　　　　　4. どういたしまして

中譯 託您的福，我很好喔。

解析 因為是回應對方的問候，所以要選擇選項3「託您的福」。其餘選項中，選項1是「我才是」，選項2是「對不起」，選項4則是「不客氣」。

（　）④ 1. でも　　　　　2. それから　　　3. ですから　　　4. それに

中譯 而且很想見山田。

解析 這邊是理由的列舉，所以要選擇選項4「それに」，「況且」的意思。其餘選項中，選項1「でも」是逆接，「可是」的意思。選項2「それから」是「之後」的意思。選項3「ですから」是「所以」的意思。

（　）⑤ 1. くる　　　　2. きた　　　3. いく　　　4. いた

中譯 去之前會打電話。

解析 「動詞辭書形＋前に～」，表示「～之前」。因為是「去」拜訪朋友，所以要選擇選項3「行く」。其中選項1「来る」（來）語意不適用本句，其它「来た」（來了）是「来ます」（來）的過去式，「いた」（有、在）是「います」（有、在）的過去式，時態不符合本句型，所以皆不適合。

國家圖書館出版品預行編目資料

新日檢N5言語知識（文字・語彙・文法）
全攻略　新版／張暖彗著
--三版--臺北市：瑞蘭國際, 2023.04
288面；17 x 23公分 --（檢定攻略系列；74）
ISBN：978-626-7274-20-0（平裝）
1.CST：日語 2.CST：讀本 3.CST：能力測驗
803.189　　　　　　　　　112004658

檢定攻略系列 74

新日檢N5言語知識（文字・語彙・文法）
全攻略 新版

作者｜張暖彗・責任編輯｜王愿琦、葉仲芸・校對｜張暖彗、王愿琦、葉仲芸

日語錄音｜福岡載豐・錄音室｜不凡數位錄音室
封面設計｜劉麗雪・版型設計｜張芝瑜、許巧琳・內文排版｜帛格有限公司

瑞蘭國際出版
董事長｜張暖彗・社長兼總編輯｜王愿琦
編輯部
副總編輯｜葉仲芸・主編｜潘治婷
設計部主任｜陳如琪
業務部
經理｜楊米琪・主任｜林湲洵・組長｜張毓庭

出版社｜瑞蘭國際有限公司・地址｜台北市大安區安和路一段104號7樓之1
電話｜(02)2700-4625・傳真｜(02)2700-4622・訂購專線｜(02)2700-4625
劃撥帳號｜19914152 瑞蘭國際有限公司・瑞蘭國際網路書城｜www.genki-japan.com.tw

法律顧問｜海灣國際法律事務所　呂錦峯律師

總經銷｜聯合發行股份有限公司・電話｜(02)2917-8022、2917-8042
傳真｜(02)2915-6275、2915-7212・印刷｜科億印刷股份有限公司
出版日期｜2023年04月初版1刷・定價｜400元・ISBN｜978-626-7274-20-0